Martin Beisert

DER MANAGER

Thriller

Verlag und Druck: tredition GmbH

ISBN: 978-3-7482-3387-9

Titelfoto: Martin Beisert

Inhaltsverzeichnis

Der Jungingenieur

Als viertes Kind und einziger Sohn war Toni der Jüngste in der Mittelschichtfamilie. Geordnete Familienverhältnisse, ordentliche, spießige Nachbarn und regelmäßige Familienurlaube auf Campingplätzen in Südeuropa machten ihn zum Nachfolger in dieser von außen bestimmten, heilen Welt. Die Schulbildung verlief normal und der Unibesuch war obligatorisch, denn die Eltern mussten den anderen beweisen, dass der Sohn was Besseres wird. Damals wusste noch keiner, was dies für Tonis Zukunft bedeuten würde. Könnte er heute die Zeit zurückdrehen, würde sein Leben anders verlaufen.

Als Jungingenieur, frisch von der Uni, fand Toni sehr schnell eine Festanstellung im renommierten Chemie Konzern Meditec seiner Stadt Friedrichshafen am Bodensee, in der bereits schon sein Vater und Großvater tätig waren. Eigentlich war fast die ganze Stadt hier beschäftigt. Diese Firma war seit über 100 Jahren erfolgreich, zeigte sich stets sehr verbunden mit ihren Mitarbeitern und großzügig in der Entgeltleistung gegenüber ihrer Belegschaft. Lästermäuler behaupteten immer schon, dass eine

Festanstellung in dieser Firma einem Hauptgewinn in einer Rentenlotterie gleichkäme. „Hier gibt es Geld auch ohne Arbeitsleistung."

Wie gesagt, das war eben die Meinung von neidischen Lästermäulern.

Toni musste in den ersten Jahren am eigenen Leib erfahren, dass Leistung im Beruf zwar wichtig ist, aber viel wichtiger waren die Beziehungen, die man hat oder eben nicht hat. Das Verhalten, vor allem den Vorgesetzten gegenüber, war das erste Sprungbrett für die Karriere.

Toni war eigentlich durch Zufall in einer Abteilung mit Jungingenieuren gelandet, die alle nur eines im Kopf hatten: Karriere. Es schien keine Freizeit ohne Firma mehr zu geben, er war der Einzige, der an freien Wochenenden auch einmal an etwas anderes dachte.

„Herr Kranz, ich habe am langen Wochenende eine Ausarbeitung für den geplanten Dauerlauf der Filterkomponenten gemacht und festgestellt, dass wir diesen abkürzen können. Somit könnten wir jede Woche 10.000 Euro in der Produktion sparen."

„Sehr gut Mooser, lassen sie dies von Herrn Wing abzeichnen, solche Leute wie sie braucht unsere Firma."

Bei diesem - beinahe monatlichen - Verhalten kam Toni fast die Galle hoch. „Kann der Mooser nicht irgendetwas anders als Arbeiten in seiner Freizeit? Am langen Wochenende geschäftliche

Ausarbeitungen zu machen, um irgendetwas einzusparen, das grenzt ja schon an Workaholic! Ist der Mooser ein Mensch ohne Familie und ohne soziale Kontakte? Lebt er nur für seine Arbeit?"

Als meinungslose Nachplapperer ohne Rückgrat und ohne Freunde hatte Toni diese Art Mensch gerne lästerhaft bezeichnet. Toni war eben etwas anders als andere in seinem Alter. Naja, aber solche Trottel wie Mooser brauchte das Land. Nein, seine Firma! Nein, seine Abteilung anscheinend, ach egal. Toni brauchte und mochte solche Menschen eben nicht.

Toni fand bald auch eine hübsche und aufrichtige Frau - Elena. Er verbrachte jede freie Minute mit ihr. Ausflüge in die Berge, Radtouren durch das Hinterland und Städtekurztrips waren ihr gemeinsames Hobby. Sie war die Frau seines Lebens. Sie teilte alle seine, ihm in die Wiege gelegten, Eigenschaften: Ehrlichkeit, Redlichkeit, Fairness, Liebe, Verständnis, Treue. Bereits nach wenigen Monaten intensiver Verliebtheit und Freundschaft heiratete er sie.

Ein rauschendes Fest, tolle Flitterwochen auf Mallorca und eine wunderbar harmonische Zeit verbrachten sie. Die darauffolgenden Jahre verliefen, wie Toni es sich vorgestellt hatte. Er war eben aus der Mittelschicht und hatte auch keine Ambitionen in die höhere Karriereebenen aufzusteigen, um seine Zeit mit seiner wunderbaren

Frau zu verbringen. Schon bald nach der Hochzeit war der kleine John unterwegs.

Die tägliche Konfrontation mit dem arroganten, karrierehungrigen Geschäftsgebaren seiner Kollegen nagte an Tonis Seele. Er ließ sich aber nichts anmerken. Selbst das Glück über seinen heranwachsenden gesunden Sohn war überschattet durch die ständige berufliche Situation. Er wollte nicht Karriere machen, er wollte lediglich seinen Beruf ordentlich ausüben und Spaß am Leben haben. Über die Jahre hinweg wurde Toni depressiv und eigentlich immer unzufriedener mit sich, mit dem Beruf, eigentlich mit allem.

Den Schein nach außen wahrte er eben so, wie man ihn erzogen hatte. Tief in seinem Inneren starb er tausend Tode. Mit niemandem, nicht einmal mit seiner Frau Elena, teilte er sein Seelenleid.

„Toni, los! Den hältst du nicht!", rief sein Sportkamerad, und schoss mit einem gewaltigen Schuss den Fußball in die linke Ecke des Fußballtores. Toni, der beste Torwart im Verein, sprang mit einem mächtigen Satz dem Ball nach, ein Känguru wäre neidisch gewesen. Doch bevor er den Ball zu fassen bekam, schlug Toni mit einem heftigen Knall mit seinem Kopf unglücklich gegen das Aluprofil des Fußballtores. Ihm wurde schwarz vor Augen.

Im Trancezustand - nahe einer drohenden Ohnmacht - hörte er eine leise fiese Stimme in seinem Kopf:

„Toni, hör auf deine Zeit zu verbummeln, du bist hier um Karriere zu machen! Vergiss das Gefühlsgelaber und deine Familie! Es gibt nur eine Wahrheit: Karriere, Macht und Geld! Damit kannst du dir alles leisten. Das willst du doch, oder?"

„Herr Wing, Herr Wing", rief eine andere Stimme, „können sie mich hören?"

Toni öffnete seine Augen. Eine helle, gleißende Lichtquelle blendete ihn, er befand sich im örtlichen Krankenhaus.

„Hallo, ich bin Dr. Kuhn. Wie heißen sie?"

„Toni, Toni Wing", sabberte er nach einer Weile.

„Schön, dass sie wieder bei Sinnen sind Herr Wing. Wie viele Finger sehen sie?"

Toni wurde etwas schwarz vor Augen antwortete aber: „Fünf, wenn sie die eingezogenen Finger mitzählen, sie Trottel."

Der Arzt lachte und Tonis neben ihm stehenden, tränenüberströmten Frau Elena fiel ein Stein vom Herzen.

„Bringen sie mir sofort mein Telefon, ich muss dringend telefonieren!", rief er schroff der besorgten Krankenschwester entgegen, „Und sie, auf ihrem Namensschild steht Oberarzt. Ich denke, ihnen hat wohl ihr Vater finanziell auf die Karriereleiter geholfen. Mir fehlt nichts. Machen sie mir sofort die Infusion ab. Elena - nimm meine Sachen - wir gehen!"

Grob schob er den Arzt und die Krankenschwester zur Seite, nachdem er einen Entlassungsschein auf eigenverantwortliche, vorzeitige Entlassung unterschrieben hatte, hielt er seine soeben erst genähte Platzwunde am Kopf mit der einen Hand und packte mit der Anderen Elena am Arm.

„Los - auf geht's!"

Bevor der Arzt oder die Schwester reagieren konnten, war Toni bereits aus dem Behandlungszimmer verschwunden.

„Schatz, was ist los mit dir?" fragte Elena beunruhigt „Du hast einen Schlag auf den Kopf bekommen und solltest dich ausruhen." „Rede nicht so lang, komm und fahr mich nach Hause."

Mit dem bereits in die Jahre gekommenen Opel Corsa fuhr Elena schluchzend auf dem schnellsten Weg nach Hause. Sie war erschrocken über das ungewohnt grobe Verhalten und die Unvernünftigkeit ihres Mannes. So kannte sie ihn gar nicht. Toni, leichenblass, bekam kein Wort über seine Lippen. Schweißtropfen liefen von seiner Stirn. Zu Hause, in der kleinen, alten Zwei-Zimmer-Mietwohnung angekommen, legte er sich ins Bett und schlief mit stark pulsierenden Kopfschmerzen ein. Elena machte sich große Sorgen um ihn, deshalb ließ sie ihn schlafen.

Am anderen Morgen fuhr Toni, wie gewöhnlich frühmorgens, mit der S-Bahn zur Arbeit. Er war verändert. Aus dem liebevollen, geduldigen

Ehemann und sorgsamen Vater wurde ein aggressiver, ungeduldiger Mensch.

Lag es am Schlag auf den Kopf oder schlief bislang ein unbefriedigter Gedanke in ihm, der nun zum Ausbruch kam? Hat nicht jeder von uns eine Stimme im Kopf, die unerlässlich zu verstehen gibt, was gut und was schlecht ist, oder was man tun oder lassen solle? Die einfach alles und jeden bewertet, die man nicht abschalten kann?

„Jaffke bring mir die letzten Ausarbeitungen vom Kollegen Mooser. Ich will nochmals sehen, was der liebe Kollege ständig für tolle Auswertungen - vor allem am Wochenende- macht" rief er schroff dem schmächtigen Praktikanten seiner Abteilung zu.

Toni war immerhin bereits vom Teamleiter zum Abteilungsleiter der Vorentwicklung ernannt worden und eigentlich bislang mit seiner Arbeit zufrieden. Toni wurde befördert, ohne dass er ein typisches Mooser-Verhalten an den Tag legte. Das freute Toni ganz besonders! Herr Kranz war Tonis vorgesetzter Bereichsleiter und Toni fühlte sich durch ein Verhalten, wie das seines Kollegen Mooser, indirekt dazu aufgefordert, ähnliche Leistungen - vor allem am Wochenende - zu bringen.

„Der Mooser, nicht schlecht was der sich da ausgedacht hat. Der will wohl meinen Posten einnehmen. Das werden wir ja mal sehen!" murmelte Toni vor sich hin.

Die fiese Stimme in Tonis Kopf stimmte zu. „Genau - lass dir so etwas nicht gefallen!"

Die Beachparty

Am Wochenende fand am nahe gelegenen Beachclub eine „Cuba-Night" statt. Toni lud seine Mitarbeiter, vor allem Mooser, und gezwungenermaßen seinen Chef Herrn Kranz dazu ein. Das offene Feuer, die leckeren Grillspieße, die kubanische Musik und nicht zuletzt die ungewöhnlich hohen Temperaturen - um die 25°C - ließen die Nacht von der anfänglich gezwungenen Atmosphäre zur richtig guten Party werden. Es waren ungefähr 300 gut gelaunte, junge und junggebliebene Menschen am Strand der kleinen Stadt Friedrichshafen, die eine ausgelassene Beachparty feierten.

Schon nach ein Paar Cuba-Libre fiel jeder in den Rausch der Musik und ließ sich von dem temperamentvollen Rhythmus mitreißen. Aus dem Gedränge heraus kamen plötzlich zwei vollbusige Blondinen, wie man sie eigentlich nur aus Pornofilmen kennt, auf Mooser zu, tanzten und umwarben ihn.

Der Trottel Mooser sah auch noch gut aus, hatte seinen Körper im Bodystudio gestählt, war braun gebrannt, seine Zähne strahlend weiß gebleicht. So, wie man sich eben einen Playboy vorstellte. Das war auch der Grund, warum seine Frau ihn so selten alleine ausgehen ließ. Es kam, wie es kommen musste. Nach heißen, anmachenden Bewegungen zogen diese Barbies den guten Mooser nach einer halben Stunde knutschend vom Strand weg hinter das kleine Badehäuschen und vernaschten ihn.

Toni hatte noch vom Blödsinn seiner Jugendzeit heraus alte Beziehungen zu den leichten Mädchen seiner Nachbarstadt, wozu auch diese beiden vollbusigen Blondinen gehörten. Diese waren von ihm bestellt und bezahlt worden. Die Handyfotos, die die beiden von Mooser machten, waren im Preis inbegriffen. 200 Euro war Toni dieser Spaß wert.

„Na Mooser, wie hat ihnen die Beachparty gefallen?" fragte Toni mit einem breiten Grinsen im Gesicht seinen Mitarbeiter am Montagmorgen.

„Gut, super, war echt gut! Aber Herr Wing, die Sache bleibt doch unter uns?"

„Mooser, das ist doch selbstverständlich! Wir sind doch alle nur Männer", erwiderte Toni.

Mooser war froh, so einen verständigen Vorgesetzten zu haben und legte sofort wieder mit seiner Arbeit los.

In der Sitzung des erweiterten Vorstands kam Herr Kranz unter massiven Druck. Es wurden in den Sonderbetriebsausgaben Rechnungen gefunden, die zum einen der Vorentwicklung zugeschrieben werden konnten, also Tonis

Abteilung, zum anderen waren sechsstellige Beträge mit aufgeführt, die zwielichtige Rechnungsbelege enthielten. Kranz war aufgefordert, innerhalb von 48 Stunden diese Sache zu erklären. Immerhin stand der Jahresabschluss bevor. Hier wollte man wieder mal mit der Firma in der Öffentlichkeit glänzen; die Sonderzahlungen – vor allem für die Vorstandschaft - könnten darunter leiden.

Nach der Sitzung rief Kranz Toni zu sich ins Büro.

„Herr Wing, wie geht's ihnen und ihrer Familie?"

„Mir geht es gut Herr Kranz", antwortete Toni treu.

„Sie sind doch verheiratet und haben einen kleinen Sohn, hab ich Recht?", fragte Kranz in souveräner Managermanier.

„Ja, genau, ich bin verheiratet. Meiner Frau und auch meinem Sohn geht es gut. Er ist schon 5 Jahre alt. Danke für die Nachfrage", erwiderte Toni höflich aber etwas verdutzt.

„Schön Herr Wing, wie sie wissen, verabschiedet sich unser werter Kollege Gerster als Bereichsleiter Controlling in den wohlverdienten Ruhestand. Ich könnte mir sehr gut vorstellen, dass eine junge talentierte und ehrliche Haut wie sie Chancen auf diesen Posten hat!"

Toni war sichtlich überrascht diese Nachricht zu hören.

„Ich denke es ist an der Zeit für sie, beruflich etwas höher zu steigen, Wing. Sie brauchen jetzt nicht zu antworten. Geben sie mir morgen Bescheid, ob sie interessiert sind - und jetzt gehen sie."

Er bat seine attraktive Vorzimmerdame, Toni hinauszubegleiten. Diese warf ihm ein charmantes Lächeln zu.

„Danke Herr Kranz, danke!", stammelte Toni und wollte gerade durch die Tür gehen, als Kranz ihm hinterher rief.

„Wing, sie sind heute eingeladen. Ich treffe ein paar sehr gute Geschäftsfreunde zum Abendessen. Mein Fahrer holt sie um 20:00 Uhr ab. Vergessen sie die Krawatte nicht!"

Die massive, hölzerne Bürotür wurde von der schmalen, sorgfältig manikürten Hand der Vorzimmerdame sanft zugezogen.

Die fiese Stimme in Tonis Kopf jubelte.

„Toni, das ist das was du willst! Das ist der richtige Weg! Los, nimm das Angebot an!"

Nach zehn Stunden Büroalltag kam Toni müde und genervt nach Hause. Elena öffnete ihm die Tür und der kleine John schaute seinen Papa strahlend an.

„Hallo Schatz, na, wie war dein Tag?", strahlte auch Elena Toni entgegen.

„Wie immer, frag mich nicht aus. Wenn es etwas zu berichten gibt, sage ich es dir schon!", murrte er, schleuderte seine Aktentasche in die Ecke, ging zum Kühlschrank und holte sich ein Bier heraus. „Willst du nicht mal deinen kleinen Sohn begrüßen?", wunderte sich Elena.

„Hi John, alles klar?", rief er uninteressiert durchs Wohnzimmer und nahm einen weiteren kräftigen Schluck aus der eiskalten Flasche.

„Ich gehe heute Abend noch weg, mit Kranz. Er hat mich zu einem Geschäftsessen eingeladen", brummte Toni.

Elena war sichtlich enttäuscht von ihrem Toni. Diesen rauhen Ton war sie von ihm nicht gewöhnt. Wahrscheinlich hatte er Stress im Geschäft. Sie ließ ihn in Ruhe und wünschte ihm viel Spaß, als er um 20:00 Uhr abgeholt wurde.

„Ich liebe dich", säuselte sie in sein Ohr, umarmte ihn und Toni verschwand wortlos durchs Treppenhaus. Sie schaute durchs Wohnzimmerfenster und sah eine dicke Limousine, die Toni erwartete. Er stieg ein und verschwand in der Dunkelheit.

„Pass auf dich auf mein Schatz!", flüsterte sie ihm durch das geschlossene Fenster zu. Sie kannte ihren Toni. Sie kannte ihn so gut, wie keinen anderen. Er war einfach etwas verwirrt, wahrscheinlich durch Stress im Büro und vielleicht durch den Schlag auf den Kopf, tröstete sie sich still.

Elena brachte den kleinen John ins Bett.

„Mama, warum ist Papa so komisch?", fragte er sie mit weinerlich müden Augen.

„Papa ist müde und hat ganz viel zu tun im Büro. Er meint das nicht so. Lass ihn morgen ausschlafen, dann ist er wieder der Alte", erklärte Elena.

John nickte, kuschelte sich in sein Kissen und drückte seinen Elefanten, den ihm Papa von seiner letzten Geschäftsreise mitgebracht hatte, dann schlief er ein.

Toni wurde ins Grand Palace nach Konstanz gefahren, dem besten Hotel im umliegenden Raum, mit Grande Cousine Restaurant und Tanzcafé.

„Guten Abend der Herr. Willkommen im Grand Palace", begrüßte ihn der im Pagenoutfit gestylte Türsteher.

„Haben sie reserviert?"

„Ich bin ver ...", schon erkannte er Herrn Kranz, der ihn heftig, von der gegenüberliegenden Seite des exklusiven Restaurants, zu sich an den Tisch winkte.

„Ich bin verabredet mit dem Herrn dahinten", erwiderte er dem Türsteher.

„Bitte folgen sie mir", antwortete dieser nun und führte ihn an Kranz's Tisch.

Das Restaurant gehörte zur absoluten Oberklasse. Edle, schwere Massivholztische, zugedeckt mit seidigen, bordeauxfarbenen Tischdecken, prunkvollen Blumenarrangements auf jedem Tisch, mit teurem schweren Silberbesteck sorgfältig eingedeckt.

Diskretes Licht schuf ein warmes, wohliges Ambiente. Die Crème de la Crème hielt sich hier auf und der Zutritt war nur bestimmten Gästen gewährt.

„Darf ich vorstellen, das ist Herr Wing. Unser neuer Bereichsleiter vom Controlling!", empfing ihn Kranz lautstark und offensichtlich bereits gut angetrunken.

„Wing, setz dich, hier hin, neben meine schöne Dorena", sabberte Kranz und strich Dorena dann zart über die Wange.

„Mein Schatz, du passt auf Wing auf. Aber tu ihm nichts!", lachte Kranz, küsste sie vorsichtig auf die Backe und wischte sich anschließend über seine verschwitze Stirn.

Dorena war eine Frau - nein eine Rakete von Frau! - neben der man nicht still sitzen konnte. Ihre aufreizende Figur, die sinnlichen Lippen und die wallende Löwenmähne verschlugen Toni die Sprache.

„Wing, das ist Dr. Spät, unser Rechtsanwalt, Dr. Rau, unser Steuerberater und mein guter alter Freund Donald Lieh, unser Vermögensverwalter und Marketingspezialist", stellte Kranz die Herren vor.

Mit kräftigem Druck wurden die Hände geschüttelt.

Drei Männer, alle um die fünfzig, grau melierte, zurückgekämmte, dichte Haare, sehr gepflegt, topgestylt mit eleganten Patek Philippe Chronographen am Handgelenk.

„So sehen richtige Manager aus!", dachte Toni.

„Wing, das hört sich nicht deutsch an, eher asiatisch, Wing, Wang, Wong", lachte Dr. Spät, der Rechtsanwalt, lauthals wie ein pubertierender Teenager.

„Wing, wenn sie an diesem Tisch sitzen, haben sie es geschafft. Ist ihnen das klar?", warf ihm der Steuerberater Dr. Rau entgegen. Stille, absolute Stille war im Raum. Die Luft war scheinbar gefroren und glasklar, gleichzeitig verraucht, denn Dorena blies Toni sanft einen Ring aus Rauch durch ihre feuerroten, schmollenden Lippen entgegen.

„Und Wing, was hier besprochen wird bleibt unter uns. Wir verstehen uns?", schmetterte ebenfalls Donald Lieh, der Vermögensverwalter.

Toni war sprachlos, nicht nur wegen Dorena, die bereits ihre Hand auf seine Schulter legte, sondern auch von diesen anscheinend mächtigen Business-Managern, die ihn kräftig beeindruckten.

„Meine Vorfahren waren Deutsche", zitterte Toni mit zarter Stimme, „ich weiß nicht, woher mein Familienname stammt. Ich bin Toni, Toni Wing, nennen sie mich bitte einfach nur Toni."

Die drei Manager lachten los.

„Toni, los, trinken sie einen mit uns. Es gibt etwas zum Feiern! Alles Gute zur Beförderung!", rief Kranz. Toni ließ sich hinreißen und trank mit, bis tief in die Nacht hinein.

Das böse Erwachen

„Was ist passiert?", zuckte Toni zusammen, „Und wo bin ich?"

Toni lag splitternackt in einem Bett, neben ihm Dorena, ebenfalls splitternackt. Es war 10:00 Uhr morgens.

„Wo bin ich? Los, sag mir wo bin ich? Was ist passiert?" schrie Toni mit überhöhtem Puls und packte Dorena am Arm. In diesem Moment ging die Zimmertüre der Präsidentensuite auf, in der er sich befand und Kranz kam herein.

„Lass sie los Wing! Zieh dich an, wir müssen in die Firma."

Toni schossen tausend Gedanken durch den Kopf.

Was hab ich getan? Hatte ich Sex mit Dorena? Wie konnte das passieren?

Er hatte einen totalen Filmriss. Immer wieder schossen ihm Bilder seiner Frau und seines Sohnes durch den Kopf, es war so wie bei einer schlechten Diashow.

"Nein!", schrie er, „nein, was soll das! Ich will das nicht!"

„Hör auf mit dem Gewinsel und benimm dich

wie ein Mann!", donnerte Kranz ihm entgegen, „los jetzt, wir müssen gehen."

Im selben Moment klingelte Tonis Handy.

Auf dem Display erkannte er mit Schrecken elf unbeantwortete Anrufe und die Nummer seiner Frau Elena. Seine Hand zitterte, Schweißperlen standen ihm auf der Stirn, schließlich nahm er ab.

„Hallo?", sagte Toni mit leiser Stimme.

„Gott sei Dank! Toni, was ist passiert? Ich hab mir solche Sorgen gemacht, wo bist du?", klang die besorgte Stimme seiner Frau durch das Handy.

„Ich bin...", in diesem Moment hielt Kranz Toni Farbbilder von eindeutigen Positionen mit ihm und Dorena vor die Nase. Toni legte einfach auf und verfiel in Mumienstarre.

„Das gibt's doch nicht! Was ist passiert? Haben die mich betäubt? Was wird Elena sagen?", Tonis Gedanken rasten durch seinen bleischweren Kopf, „das wollte ich doch nicht! Nein, das kann doch nur ein schlechter Traum sein!"

In der Firma wurde Toni bereits erwartet.

„Herr Wing, es ist bereits 10:30 Uhr. Sie haben den Termin mit dem Teamleitern verpasst. Kollege Mooser wollte noch unbedingt etwas von ihnen und ihre Frau hat schon mehrmals angerufen."

Toni ging mit schnellen langen Schritten wortlos an seiner langweilig aussehenden und nach einem unangenehmen Parfüm riechenden Sekretärin vorbei, bevor er die Türe seines Büros zuknallte rief er:

„Ich möchte nicht gestört werden - von niemandem - ist das klar?"

„Toni, hör auf deine Zeit zu verbummeln, du bist hier, um Karriere zu machen. Vergiss das Gefühlsgelaber und deine Familie. Es gibt nur eine Wahrheit: Karriere, Macht und Geld! Damit kannst du dir alles leisten. Das willst du doch, oder?", dröhnte wieder die Stimme in seinem Kopf.

„Vergiss was passiert ist letzte Nacht. Das ist doch gar nicht schlimm."

Tausend Gedanken rasten unaufhörlich durch seinen Kopf.

Wollte er wirklich so werden wie die Stimme, die auf ihn einsprach, war er womöglich bereits auf dem besten Wege dahin? Hatte es mit dem Schlag auf seinen Kopf zu tun?

Das Tischtelefon seines Standard Basic Telefon klingelte. Auf dem Display erkannte er den internen Anrufer „Kranz". Toni hob ab.

„Wing, guten Morgen."

„Ja, das ist ein guter Morgen Wing!", antwortete die gut gelaunte, fröhliche Stimme am anderen Ende, „hier ist Kranz. Unser Vorstand möchte sie sehen. Kommen sie um 13:00 Uhr zur erweiterten Vorstandssitzung ins 6.OG, ich verlasse mich auf sie."

Das Gespräch war unterbrochen, bevor Toni nur eine Silbe dazu sagen konnte. Mit gemischten

Gefühlen und schlechtem Gewissen stand Toni pünktlich, wie vereinbart, vor der Vorstandssekretärin. „Ah, Herr Wing, guten Tag! Bitte gehen sie durch, die Herren des Vorstands erwarten sie schon."

Sie öffnete ihm die massive Holztür des Konferenzraumes und Toni trat ein. Der vierköpfige Vorstand der Firma saß in eleganter Pose vor wenigen Geschäftsunterlagen, lediglich das monotone Summen des Beamers war zu hören.

Schweigende Gesichter mit erwartungsvollen Augen starrten Toni an. Ein Business Chart mit fallender Tendenz war sichtbar.

„Schön, dass sie da sind", empfing ihn der Vorstandsvorsitzende Victorio Sera, ein im schwarzen Nadelstreifenanzug gekleideter, eleganter, gepflegter Italiener um die fünfzig.

Seine kleine, schmächtige aber durchtrainierte Figur ließ ihn irgendwie witzig aussehen in dem teuren, riesigen Ledersessel.

„Sie wissen, warum sie hier sind?"

Fragend sah Herr Sera Toni an, zog dabei die Stirn nach oben und senkte den Kopf etwas nach vorn, um ihm über seine Lesebrille einen bedeutungsvollen Blick zuzuwerfen.

„Um ehrlich zu sein, nein! Ich weiß es nicht", erwiderte Toni eingeschüchtert.

„Herr Wing, sehen sie dieses Chart. Hier sind unsere Firmengewinne dargestellt, die leider seit einem Jahr etwas stagnierend sind. Wir haben eine - wie soll ich sagen - eine mögliche Quelle der Verursachung gefunden", erklärte Herr Sera mit sympathisch italienischem Akzent.

„Ich verstehe nicht ganz, was hat das mit mir zu tun?", antwortete Toni.

„In jedem guten Unternehmen gibt es - wie sie sicherlich wissen - ein Controlling. Dieses Controlling prüft und überwacht alle Ausgaben des Unternehmens, aber auch die, sagen wir mal so, die etwas Besonderes sind. Somit kann man über den Firmengewinn eine gute Prognose abgeben."

Toni war verwirrt und konnte der Schilderung nicht folgen.

Herr Sera fuhr mit seiner Erklärung fort:

„Nun ja, ich sag mal, unser Controlling ist vielleicht in den letzten Monaten nicht ganz so sorgfältig gewesen, wie es hätte sein sollen. Ich möchte nicht lang um den heißen Brei herum reden. Herr Wing, wir wollen sie als neuen Bereichsleiter des Controllings haben, da der gute alte Gerster in seinen wohlverdienten Ruhestand geht."

Sera schaute Toni mit großen erwartungsvollen und warmen Augen an.

„ Was sagen sie dazu, Herr Wing, trauen sie sich den Posten zu und nehmen sie mein Angebot an?"

Toni war irgendwie mulmig zumute. Sollte er fragen, was man unter Ausgaben verstand, die etwas Besonderes waren? Würde er mit dieser

Frage die Vorstandschaft verärgern? Warum war Kranz nicht da? Er hatte doch alles eingefädelt.

„Toni, hör auf deine Zeit zu verbummeln, du bist hier um Karriere zu machen, vergiss das Gefühlsgelaber und deine Familie. Es gibt nur eine Wahrheit: Karriere, Macht und Geld. Damit kannst du dir alles leisten. Das willst du doch, oder?", dröhnte wieder die Stimme in seinem Kopf.

„Danke, gerne nehme ich ihr Angebot an. Ich werde mein Bestes geben", antwortete Toni.

Doch bevor er ein weiteres Wort sagen konnte fuhr Sera fort:

„Herr Wing, das freut mich, und meine Kollegen hier natürlich auch. Sie beginnen nächste Woche, meine Sekretärin wird ihnen die Details nennen. Danke für ihre Zeit."

Sera reichte Toni seine kleine, kalte Hand, warf ihm einen flüchtigen aber erwartungsvollen Blick zu und ehe Toni sich versah, stand er wieder vor der Tür.

„Herr Wing, hier ist ihr neuer Arbeitsvertrag. Morgen können sie dann in ihr neues Büro umziehen, neben Herrn Kranz. Ich werde alles Notwendige veranlassen", erklärte ihm die Vorstandssekretärin. „Bitte hier noch eine Unterschrift", die Sekretärin zeigte mit ihrem sorgfältig manikürten Designernagel auf die Stelle der fehlenden Unterschrift im Vertragswerk. Toni unterschrieb ohne durchzulesen und verabschiedete sich höflich.

„War das jetzt gut oder schlecht? Was hab ich denn da unterschrieben?", wieder schwirrten ihm unzählige, wirre Gedanken durch den Kopf.

Auf dem Weg zu seinem Arbeitsplatz kam ihm Herr Kranz auf dem Gang entgegen.

„Na Wing, ich denke sie schulden mir jetzt einen Gefallen!", Kranz lächelte, klopfe auf Tonis Schulter und verschwand im nächsten Büro. Wie ein Blitz durchzuckte es seinen Körper - Elena.

Ich hab vergessen Elena zurückzurufen. Was wird sie wohl denken?

„Toni, hör auf deine Zeit zu verbummeln, du bist hier um Karriere zu machen, vergiss das Gefühlsgelaber und deine Familie. Es gibt nur eine Wahrheit: Karriere, Macht und Geld. Damit kannst du dir alles leisten. Das willst du doch, oder?", dröhnte wieder die Stimme in seinem Kopf.

Toni griff trotzdem zum Telefon und wählte hastig die Nummer von zu Hause.

„Hallo Toni", hörte er die vertraute Stimme seiner Frau, Toni antwortete nicht.

„Hallo Schatz, bist du es?"

Toni legte mit schlechtem Gewissen wortlos auf. Es war etwas mit ihm geschehen. Er spürte selbst, dass er nicht mehr der Alte von früher war.

„Was ist nur los? Bereichsleiter Controlling, warum gerade ich?"

Plötzlich, wie aus dem Nichts heraus, stand Herr

Gerster vor ihm. „Herr Wing, hier ist der vorläufige Jahresabschlussbericht. Schauen sie ihn durch und legen sie ihn unterschrieben in mein Büro, ich brauche ihn morgen früh."

„Herr Gerster, ich habe das Gefühl, dass mir etwas vorenthalten wird", sagte Toni und schaute Herrn Gerster mit gerunzelter Stirn an.

„Entschuldigen sie mich bitte Herr Wing, ich kann dazu nichts sagen", antwortete Gerster mit seltsamer Mine, drehte sich um und ging.

Tonis Kenntnisse vom Controlling waren nicht die Besten, aber grob verstehen konnte er einen Controllingbericht schon, immerhin hatte er studiert.

„Mein Sohn kann das!", sagte Tonis Vater immer, also war er wild entschlossen, es auch dieses Mal zu können. Bereits nach wenigen Stunden fand Toni eine Auflistung von Sonderausgaben, die er sich nicht erklären konnte. Auch die tiefere Recherche dieser Ausgaben ergab keinen Sinn.

Immer wieder waren fünfstellige Überweisungssummen auf ein Konto verzeichnet. Pro Jahr überschlägig gerechnet waren es 750.000 Euro, überwiesen auf ein unbekanntes Konto bei der DRB-Bank. Toni kam eine Idee. Sein Schulfreund Sigi war Prokurist bei der DRB-Bank.

„Hallo Sigi! Hier ist Toni, Toni Wing."

„Hey Toni", erwiderte Sigi, „wie geht es dir denn? Wir haben uns ja schon eine Ewigkeit nicht mehr gesehen. Wie geht es Elena und deinem Sohn?"

Toni durchzuckte es wieder wie ein Blitz - Elena! Was sollte er Elena nur sagen?

„Elena und John geht es sehr gut. Wir sind glücklich - alles super!", log Toni lachend ins Telefon.

Nach fünfminütigem Smalltalk fragte Sigi:

„Na prima Toni, kann ich sonst noch etwas für dich tun?"

Toni rückte nun endlich mit dem wahren Grund seines Anrufes heraus.

Kurze Zeit später kam eine Email von Sigi.

„Hi Toni, das Konto gehört zu der Firma DA in Frankfurt. Mehr kann ich dir dazu leider nicht sagen."

Nach kurzer Internetrecherche fand er die Firma; DA Escort Service GmbH Frankfurt.

Geschäftsführerin: Domenica Aguera.

Auf dem angegebenen Link waren die Mädchen der Begleitagentur mit Passbild und persönlichen Daten abgebildet. Toni scrollte schnell die Bilder durch bis ans Ende der ersten Seite. Eiskalt lief es ihm den Rücken herunter.

„Dorena", flüstert er vor sich hin. Das Bild der schönen Dorena, gekleidet als seriöse Geschäftsfrau, war gelungen auf der Homepage der Firma DA abgebildet. Sie hieß nicht Dorena, sondern Domenica Aguera und war die Geschäftsführerin.

Wer überwies DA Geld?

„Kranz!", rief Toni laut vor sich hin. „Der Drecksack Kranz steckt dahinter."

Das hätte Toni besser nicht so laut gerufen, denn im selben Moment ging seine Bürotüre auf und Gerster kam rein.

„Wing, ich gebe ihnen einen gutgemeinten Tipp", sagte Gerster mit leiser Stimme, „vergessen sie ganz schnell, was sie herausgefunden haben."

Gerster nahm seine Brille, die er auf Tonis Schreibtisch liegengelassen hatte, und ging. Bevor er die Türe zuzog sagte er:

„Wing, glauben sie nur nicht, dass ich freiwillig in den Ruhestand gehe." Gerster schaute Toni drei Sekunden lang wortlos an und verschwand.

Das schlechte Gewissen

Auf dem Weg nach Hause war Toni schlecht und er hatte ein ungutes Gefühl. Niemals wollte er vorsätzlich seiner Elena wehtun oder sie hintergehen. Doch es war geschehen.

Was sollte er tun? Mit einem wunderschönen Strauß roter Rosen öffnete er die bereits in die Jahre gekommene Wohnungstür.

„Hallo", rief Toni.

Niemand antwortete. Er trat ins Wohnzimmer und entdeckte Elena mit Sohn John auf dem Schoß, tränenüberströmt auf dem Sofa.

„Elena", stotterte Toni, „es tut mir so leid."

Elena drehte sich weg.

„Papa, Papa, endlich bist du wieder da!", kreischte John und hüpfte Toni entgegen. Mit einem Satz sprang er an Toni hinauf, die Rosen konnte Toni gerade noch in Sicherheit bringen.

„Papa, ich hab dich lieb", strahlte John ihn an.

Elena stand auf, nahm ihr tränengetränktes Taschentuch in die geballte Faust und huschte in die Küche.

„Elena, bitte entschuldige, ich habe einen riesigen Fehler gemacht!", stolperte Toni ihr hinterher.

Mit dem Blick aus dem Fenster in den Hinterhof gerichtet, fragte Elena mit verheulter Stimme: „Was für einen Fehler?"

Toni brachte kein Wort über seine Lippen.

„Weißt du, was für Sorgen ich mir gemacht habe? Ich habe gedacht es ist etwas passiert, ein Unfall oder so!"

Elena flossen bittere Tränen über ihre Wangen. Toni ging von hinten auf sie zu um sie zu trösten.

„Lass mich!", sagte sie in einer Art und Weise, wie Toni es noch nie von seiner Elena gehört hatte. Sie hatte diesen weiblichen untrüglichen Instinkt. Sie ahnte was jetzt kam, wollte es aber nicht hören. Nein, nicht wahr haben.

„Papa, können wir heute gemeinsam etwas spielen?", unterbrach John die zum platzen gespannte Situation.

„Na klar, Papa spielt mit dir. Ich bin heute Abend für dich da."

Als Toni liebevoll seinen kleinen John ins Bett brachte, sang er ihm noch sein Lieblingsschlaflied „Die Blümelein, sie schlafen" vor. John strahlte, drückte seinen Papa und kuschelte sich danach mit seinem Elefanten in die mit wilden Tieren bedruckte Plüschdecke und schlief ein.

Im selben Moment spürte Toni eine zarte, kalte Hand auf seiner Schulter. Toni drehte sich vorsichtig um und schaute in die immer noch rot verheulten Augen seiner Elena.

„Elena, es tut mir leid, aber ..."

Elena legte ganz zart ihren Zeigefinger auf seine Lippen. Zog Toni mit der anderen Hand mit in die Küche und drückte ihm ihre wohlgeformten Lippen auf seinen Mund.

„Toni - los besorg ´s mir!" Toni war total überrascht von dieser Reaktion. Aber das war genau das, was ihm an seiner Elena so sehr gefiel. Sie verstand es immer wieder ihn zu überraschen. Seine Manneskraft trübte seine Sinne und er fiel hemmungslos über Elena auf dem Küchentisch her.

„Sag mir, dass du mich liebst!", hauchte Elena Toni ins Ohr.

„Ich liebe dich, ich liebe dich, ich liebe dich", flüsterte Toni ihr ins Ohr.

„Lass mich dir etwas erklären", begann Toni in stammelnden Worten.

„Nein", unterbrach ihn Elena, „nein, sag nichts, ich will's nicht wissen. Ich liebe dich und versprich mir, dass so etwas niemals wieder vorkommt."

Tief blickte Elena in Tonis Augen.

„Versprich es mir", wiederholte sie.

„Ja! Ja, ich verspreche es dir mein Schatz!", erwiderte Toni inbrünstig.

„Gut", erwiderte Elena, „dann mach endlich. Ich brauch es so dringend!", forderte sie ihn auf, endlich in sie einzudringen. Ihr Körper forderte wild nach seinen Berührungen, Streicheleinheiten und Küssen.

„Los Toni, besorg´ s mir so richtig!", feuerte sie ihn an. Toni wurde immer wilder durch diese hemmungslose, triebhafte Aufforderung, welche die beiden in einen wunderschönen Höhepunkt trieb und miteinander verschmelzen ließ.

„Toni, guten Morgen! Die Sonne scheint, aufstehen!", rief eine freundliche, liebevolle Stimme aus der Küche. „Das Frühstück ist fertig."

Toni quälte sich aus dem Bett und lief schlaftrunken in die Küche.

Söhnchen John strahlte: „Papa, Papa, guten Morgen Papa!"

Toni drückte John einen dicken Kuss auf die Backe, ging zu Elena, umarmte sie von hinten und flüsterte ihr „Ich liebe dich" ins Ohr. „Danke für die schönen Rosen, die sind echt toll!", strahlte Elena ihn an.

Sie hatte den Rosen einen Ehrenplatz mitten auf dem Frühstückstisch gegeben. Während des Frühstücks erzählte Toni Elena im Detail, was der Vorstand der Firma ihm gestern angeboten hatte, und dass er nächste Woche seinen neuen Job als Bereichsleiter Controlling anfing.

„Super, das freut mich für dich! Das hast du auch verdient, vielleicht können wir uns dann auch eine größere Wohnung leisten. Es ist schon etwas eng zu dritt hier."

Im Büro angekommen, strahlte Toni gute Laune

aus, begrüßte alle Kollegen, Mitarbeiter mit einem herzlichen „Guten Morgen! Guten Morgen!". Sein Spezialfreund Mooser runzelte die Stirn, man sah ihm seine Gedanken an: „Der Wing führt doch etwas im Schilde, da stimmt doch etwas nicht!"

Die Türe des Großraumbüros ging auf und Kranz kam rein:

„Werte Kollegen, darf ich um ihre Aufmerksamkeit bitten?", ertönte seine kräftige Stimme.

„Hiermit möchte ich sie davon in Kenntnis setzten, dass unser werter Kollege Gerster in den vorzeitigen Ruhestand geht und wir bereits gestern seinen Nachfolger nominiert haben. Herzlichen Glückwunsch Herr Wing zur neuen Position Bereichsleiter Controlling!"

Ein Raunen ging durchs Büro.

„Toni, gratuliere!"

„Herr Wing, gratuliere!"

„Super! Freut mich Herr Wing."

Toni war absolut überrascht, über diese schnelle Bekanntgabe, aber inzwischen musste er bei Kranz mit solchen Aktionen rechnen.

„Danke, danke!", strahlte Toni all den Gratulanten entgegen. Aus seinen Augenwinkeln heraus sah er Mooser.

„Der wittert wohl jetzt seine Chance auf meinen alten Posten", dachte er sich.

Schmollend hinter seinem PC versteckt hackte Mooser Daten in seinen PC und gratulierte nicht.

Die Aufregung im Büro war bald vorbei und der Arbeitsalltag nahm seinen Lauf.

In der folgenden Woche bezog Toni sein neues Büro. Exquisite Möbel, ein Designertisch mit passenden verchromten Stühlen, viel Glas, braun und weiß kombiniert mit viel Chrom schmückten das erlesene Büro.

Ein dunkler Schiffsboden, welchen man nur auf teuren Yachten findet, war verlegt worden. Es war sein Büro, ein mit moderner Technik bestückter Raum.

Am Nachmittag desselben Tages kam Kranz in Tonis Büro. Er stolperte mit einem mächtigen Satz durch die Türe und stand unaufgefordert vor Tonis Designer-Schreibtisch.

„Wing!", donnerte er, „was macht der Jahresabschlussbericht?"

Toni hatte noch Gersters Stimme in Erinnerung: „Vergessen sie ganz schnell, was sie da rausgefunden haben..."

„Wing, damit wir uns richtig verstehen, ich hab noch was gut bei ihnen, erinnern sie sich?", Kranz legte ein Farbfoto auf den Tisch. Dorena und Toni in eindeutiger - gestochen scharfer - Position.

„Ich hab es meiner Frau gebeichtet", antwortete Toni.

„Nein, nicht deiner Frau. Deinen Kollegen, deiner Sekretärin, deinen Nachbarn, deinem Sohn und unserem lieben Vorstand", grinste Kranz mit verschwitzter Stirn.

„Los Toni, hilf ihm. Die unbekannten Sonderzahlungen sind doch erklärbar. Du willst doch Karriere machen, also los!", ertönte die kleine fiese Stimme in seinem Kopf.

Toni starrte Kranz sekundenlang regungslos an.

„Wing, mach jetzt bloß keinen Scheiß!", flüsterte Kranz Toni entgegen. Toni wäre eigentlich direkt gestorben, wenn Blicke töten könnten. Niemals zuvor war Toni durch so einen Blick beeindruckt worden. Hier ging es um alles.

„Herr Kranz, ich werde den Jahresabschlussbericht nochmals im Detail prüfen und werde ihn morgen in der erweiterten Vorstandssitzung präsentieren", antwortet Toni mit zittriger Stimme.

„Gut Wing, gut so!", flüsterte Kranz, „ich denke, wir verstehen uns." Kranz drehte sich um, an seinem Rücken hatte sich ein Sturzbach von Schweiß seinen Weg nach unten zum Hosenbund gesucht.

Kranz heller Leinenanzug war total durchgeschwitzt. Ein kurzer Blick, ein letztes Zwinkern und Kranz verschwand durch die gläserne Tür.

Die Präsentation

„Guten Morgen meine Herren", begrüßte Herr Sera am nächsten Morgen die Kollegen des Vorstandes mit gewohntem italienischem Akzent.

„In der heutigen, erweiterten Vorstandssitzung wird uns Herr Wing den Jahresabschluss bezüglich Sonderausgaben im Detail vorstellen. In der letzten Sitzung konnte unser ausgeschiedener Herr Gerster leider keine Stellung dazu beziehen. Herr Wing, bitte, fassen sie sich kurz."

„Guten Morgen sehr geehrte Herren", begann Toni mit seiner Präsentation. Die schärfsten aller scharfen Blicke warf Kranz auf Toni, wie ein Raubtier, welches in höchster Anspannung steht, bevor es die Beute anspringt, um es zu verschlingen.

Toni blickte in die Runde, verharrte einen Augenblick bei Herrn Sera und fuhr fort: „In der letzten Präsentation wurden vom Kollegen Gerster verschiedene Positionen als Kosten ausgewiesen, die innerhalb der Buchhaltung auf Fragen stießen. Es wurden im vergangen Fiskaljahr 750.000 Euro auf Konten der Firma DS in Frankfurt gebucht, welche uns als solche bisher nicht bekannt waren."

Kranz atmete laut und tief und Schweißperlen

standen erneut auf seiner Stirn. Herr Sera beobachtete wie ein Luchs die Mimik der Sitzungsteilnehmer. Auch Dr. Spät und Dr. Rau, die Freunde von Kranz aus der besagten Nacht in Konstanz, wurden unruhig und spielten nervös mit ihren Kugelschreibern oder fuhren sich unruhig mit der Hand durch die Haare.

„Ich habe recherchiert und herausgefunden …"

Mit einem plumpen Klirr kippte das Wasserglas von Herrn Kranz um. Die Luft war voll elektrischer Ladung. Mit zittriger Hand wischte Kranz das Wasser von seinen Unterlagen.

„… ich habe recherchiert und herausgefunden …", fuhr Toni fort, „… dass die Firma DA unser alter Entwicklungspartner KAAS für die Entwicklung schnellerer, effizienterer Produktionsstraßen ist. Er hat sich mit neuem Namen in das Handelsregister als „DynAmic Services" eintragen lassen, welches unser ehemaliger Kollege Gerster leider nicht zuordnen konnte und uns als unerklärliche Sonderausgaben der Vorentwicklung von Herrn Kranz buchte." Kranz, Spät und Rau strahlten Toni an.

„Ja genau!", lachte Kranz erleichtert, „der alte KAAS, er wollte sich umbenennen. Jetzt erinnere ich mich wieder. DA, DynAmic Services, unser Entwicklungspartner. Wie konnte ich das nur vergessen!"

Schallendes Gelächter brach aus und Herr Sera

blickte in die Runde.

„Meine Herren, es scheint sie anscheinend besonders zu amüsieren, allerdings sehe ich hier keinen Grund, fröhlich zu sein."

Das Gelächter unterbrach sofort. „So etwas darf nie wieder vorkommen. Haben sie mich verstanden?", ertönte Sera's Stimme. Sera stand auf und ging mit kleinen Schritten zur massiven Holztüre des Sitzungsraumes.

„Herr Wing, danke. Ihre Präsentation war sehr gut."

Mit einem wuchtigen „Rums" fiel die Türe hinter ihm ins Schloss. Kranz, Spät, Rau und Lieh standen auf und schauten zu Toni. Nickten ihm zu und verschwanden mit einem breiten Grinsen.

Am späten Nachmittag klingelte Tonis Geschäfts-telefon.

„Herr Wing, hier spricht Dr. Spät der Rechts-anwalt. Ich habe heute ein Treffen mit einem Mandanten, der etwas über unser Controlling erfahren möchte. Würden sie so freundlich sein und uns zum Abendessen begleiten?"

Toni konnte nicht nein sagen. Immerhin war es der Vorstand, der ihn um einen Gefallen bat, obwohl er sich lieber um seine Elena und John gekümmert hätte.

„Ja gerne, vielen Dank für die Einladung!", erwiderte Toni.

„Gut, kommen sie bitte um 20:00 Uhr ins Hotel-

Restaurant Lion nach Lindau."

Klack - und das Gespräch war beendet.

„Elena, hier ist Toni", sprach Toni auf den Anrufbeantworter zu Hause. „Hör mal, Dr. Spät hat mich gebeten, heute Abend mit ihm zum Essen zu gehen. Ich komme also später nach Hause. Bis dann."

Toni war pünktlich um 20:00 Uhr vor dem Lion. Dieses Restaurant kannte er nicht, da es sich um ein sehr exklusives Hotel-Restaurant handelte, was nicht für sein Budget geeignet war. Schwere Marmorsäulen im griechischen Stil präsentierten den Eingangsbereich in einer beeindruckenden, königlichen Weise. Man hatte den Eindruck in Rom zu sein und Nero würde gleich auf einem Pferdegespann um die Ecke kommen.

Toni fühlte sich hier einerseits fremd, aber andererseits doch angenehm geborgen.

Eine elegante, dunkle Limousine fuhr vor und Dr.Spät mit Mandant, nein Mandantin, stieg aus. Sie war groß, schlank, hatte blondes, langes Haar, war sehr adrett gekleidet in einem engen dunklen Kostüm. Ihr Jackenknopf hatte es schwer, die pralle Oberweite in Zaum zu halten. An den hochhackigen, schwarzen High Heels funkelten Strass-Steine.

„Guten Abend Herr Wing", begrüßte Dr. Spät Toni, „schön, dass sie Zeit haben, darf ich ihnen vorstellen: Frau Benita Garcia, meine Mandantin."

Sie strecke ihm ihre zarte Hand mit den knallrot bemalten Fingernägeln entgegen.

„Buenas noches, Señor Wing. Bitte nennen sie mich Benita."

Toni hielt ihre Hand fest, schaute ihr in die Augen und war sprachlos.

„Was hatte diese Frau an sich?", dachte er.

Er konnte den Blick nicht von ihr lassen. Er war wie gefesselt, eiskalt lief ihm ein Schauer über den Rücken. Sie lächelte und sagte nach wenigen Sekunden in gebrochenem Deutsch mit spanischem Akzent: „Darf ich meine Hand wieder haben?"

„Oh, entschuldigen sie!", zuckte Toni zusammen, „ich war in Gedanken."

Der Abend verlief wie ein Geschäftsabend eben verlief. Benita, eine vermögende, verwitwete Unternehmergattin, geboren in Madrid, kannte Dr. Spät von irgendwelchen Geschäften. Sie war auf der Durchreise und bat ihren alten Freund um etwas Beratung für eine Firmengründung in Barcelona und wollte Details über unser Controlling wissen bis ein Anruf die Unterhaltung unterbrach.

„Hallo, hier Spät. Aha, ja, ich komme sofort!", antwortete Dr. Spät, „es tut mir leid, ich muss dringend weg. Bitte entschuldigen sie mich."

Toni und Benita schauten ihn an und bevor sie reagieren konnten war Dr. Spät mit schnellen Schritten durch die imposante Restauranthalle verschwunden.

„Oh, das tut mir jetzt aber Leid für sie", sagte Toni.

„Warum?", antwortete Benita, „Sie sind doch da."

Das Lächeln, das sie ihm schenkte, fuhr ihm durch den ganzen Körper.

„Was hat diese Frau? Was hat sie, was meine Elena nicht hat?" dachte Toni. Nach einer halben Stunde Geschäftsgespräch und etwas Smalltalk bat sie Toni:

„Toni, bringen sie mich bitte jetzt nach Hause."

„Selbstverständlich, es ist schließlich schon nach Mitternacht."

Die Rechnung war bereits von Dr. Spät bezahlt worden und Toni fuhr Benita mit seinem alten Opel Corsa in ihr Hotel.

„Buenas noches Toni", hauchte Benita Toni entgegen, als sie vor ihrem Hotel ankamen. Toni starrte auf den Knopf an ihrer Jacke und dachte: „Wenn der jetzt platzt, dann ..."

„Äh, ja, gute Nacht Benita", stammelte Toni, sprang aus dem Auto und öffnete Benita die Beifahrertüre. Wieder durchzuckte Toni ein magischer Stromschlag. Sie lächelte und stöckelte auf den Hoteleingang zu.

Toni starrte ihr hinterher. Sie drehte sich um, zwinkerte ihm fast unsichtbar zu und verschwand in der Hotellobby.

„Mann oh Mann! Die ist ja der Hammer!", flüsterte Toni leise vor sich hin und fuhr nach Hause.

„Schatz, du kommst spät", flüsterte Elena Toni vom Bett aus zu, als er die Wohnungstüre aufschloss.

„Ja, es ist spät geworden, aber alles ok", antwortete Toni, ging ins Schlafzimmer und küsste seine Elena auf die Stirn.

„Wie war der Mandant?", fragte Elena.

„Ja, ganz ok", antwortete Toni. Im selben Moment dachte Toni: „Ich bin doch ein Trottel. Ich lüge meine Elena an. Aber warum?" Aber er konnte nicht anders.

Toni hatte es richtig erwischt. Er fühlte sich magisch angezogen von Benita. Hatte er sich etwa in Benita verliebt? Elena drehte sich um und schlief gleich wieder ein. Toni lag fast die ganze Nacht wach und dachte an den Abend, an Dr. Spät und natürlich an Benita.

Die Fortbildung in Barcelona

Die Wochen vergingen und Toni erhielt seine erste Verdienstabrechnung. Er öffnete sie und konnte seinen Augen kaum trauen: 20.000 Euro netto. Sofort griff er zum Telefon und rief seine Elena an.

„Schatz, ich denke, wir können uns in Zukunft mehr leisten!", sagte Toni und versprach am Abend früher nach Hause zu kommen um zu feiern.

„Als erstes mieten wir uns ein großes Haus und verkaufen den alten Opel", strahlte Toni nach dem ersten Glas Sekt im Arm seiner Elena zu Hause auf dem Sofa.

„Dann kaufen wir dir ein schönes Cabrio und ich bekomme den großen Dienstwagen, dann unternehmen wir drei Reisen und lassen es uns einfach gut gehen!", strahlte Toni und nahm erneut einen großen Schluck Champagner.

„Ach, Schatz, ich bin so glücklich!", erwiderte Elena, „du hast es verdient, ich bin so stolz auf dich!"

Toni nahm seine Elena in den Arm und sie liebten sich leidenschaftlich.

Die Monate vergingen, Toni wurde immer

besser im Fachgebiet Controlling und konnte bei den regelmäßigen Vorstandsitzungen stets einen ordentlichen Eindruck hinterlassen. Kranz, Dr. Spät und Dr. Rau waren sehr zurückhaltend und ließen Toni seine Arbeit erledigen. Selbst Herr Sera war angenehm überrascht über Tonis Entwicklung. Monat für Monat wurden Ausgleichszahlungen für besondere Dienste auf Tonis Bankkonto gebucht und der durchschnittliche Mittelständler Wing stieg finanziell auf, in den oberen erlauchten Kreis der Großverdiener.

Toni wurde auch äußerlich ein richtiger Manager. Exklusiv gekleidet, exakt frisiertes Haar und eine Patek Philippe Uhr am Handgelenk, dazu passend bald ein eigenes Haus für seine Familie.

Für eine interne Weiterbildungsmaßnahme wurde Toni zu einer Fortbildung für aufstrebende Manager nach Barcelona entsandt. Drei Tage wurden „Balanced Controlling, Buchführung, wertorientierte Unternehmenssteuerung und Target Costing" gelehrt. Eigentlich nicht die Fachrichtung, die Toni aus seiner Ausbildung heraus mitbrachte.

Als ehemaliger Mittelständler wusste man eigentlich nichts davon, abgesehen von den Grundkenntnissen aus dem Studium. Somit war diese Schulung herzlich willkommen und hilfreich für seine heutige Tätigkeit.

So machte sich Toni, wenige Tage später, auf den Weg nach Zürich zum Flughafen. Er war es nicht gewohnt zu reisen, aber er fand sich gut zurecht. Fliegen mochte er auch nicht. Bislang war er, wenn überhaupt, lediglich mit seinem Auto geschäftlich unterwegs gewesen. Toni war stolz. Er war stolz auf sich und stolz auf seinen neuen Job.

„Toni, aus dir wird noch ein ganz Großer!", feuerte ihn die fiese Stimme in seinem Kopf an, „du bist hier um Karriere zu machen. Es gibt nur eine Wahrheit: Karriere, Macht und Geld. Damit kannst du dir alles leisten. Das willst du doch, oder?"

In Barcelona angekommen ging es dann mit dem Taxi in die Innenstadt. Er wohnte im Herzen von Barcelona in der Nähe der Rambla de Catalunya, dem Touristenmagneten. Toni verliebte sich sofort in die katalanische Hauptstadt, vor allem die Sagrada Familia von Gaudi hatte er, bereits beim Vorbeifahren, sofort tief in sein Herz geschlossen. Er fühlte sich seltsam heimisch und dazugehörig, obwohl er noch nie in Spanien, geschweige denn in Barcelona, gewesen war. Bislang hatte sein Budget für Ausflüge oder Urlaube dieser Art nicht gereicht.

Die Teilnehmer der Managementveranstaltung waren durchweg Männer mittleren Alters wie Toni. Er integrierte sich sofort in die Gruppe und passte sich den Verhaltensregeln an. Er fühlte sich wie jemand, der dazu gehört.

Nach einer langen Veranstaltung am zweiten Tage fühlte Toni einen inneren Drang, an die frische Luft zu gehen. Er beschloss, sich für diesen Abend von der Gruppe auszugliedern und entschied sich für einen Spaziergang auf der Rambla.

Die warme Maienluft, der Duft nach Meer, der angenehme Wind, welcher gebratenen Fischgeruch aus den vielen Restaurants zu ihm wehte und die südländische Atmosphäre waren einfach berauschend. Künstler der Hochschulen, Gaukler, Artisten und Musikanten, die im Abstand von wenigen Metern ihre Künste darboten, tauchten Toni in eine Art Nebel der Sinnlichkeit und Entspannung. Sein Körper wurde getragen, getragen von dieser beeindruckenden Atmosphäre. Es war ein Gefühl der Freiheit, ein Gefühl von Urlaub, ein Gefühl von Losgelöstheit, bis er plötzlich durch einem heftigen Schmerz aus seinem Wohlgefühl gerüttelt wurde.

„Autsch!", rief Toni. Er rempelte in seiner träumerischen Unachtsamkeit gegen eine vor ihm stehengebliebene Person. Sie prallten Kopf an Kopf zusammen.

Schmerzverzerrt hielt er sich die Hand an die geprellte Stelle. Die Person schimpfte heftig auf Spanisch und drehte sich zu ihm um.

„Benita, Benita Garcia?", stotterte Toni mit aufgestellten Nackenhaaren.

Diese Augen hatten ihn nächtelang nicht schlafen lassen. Diese Lippen hatten ihm die Sinne geraubt und diese gut verpackte Oberweite ließ Tonis Phantasie aus der Welt entgleisen.

„Toni, ach das ist ja ein Zufall!", antwortete Benita mit ihrem hinreißenden spanischen Dialekt und hielt sich ebenfalls ihren Kopf.

„Benita, das ist nicht möglich! Ich freue mich sie zu sehen. Sind sie verletzt? Lassen sie mal sehen", stammelte Toni ihr freudestrahlend entgegen.

Toni berührte vorsichtig ihr blondes Haar und ihn durchfuhr ein heftiges, aber angenehmes Gefühl, man könnte es mit einem leichten Stromschlag beschreiben. Auch Benita zuckte kurz zusammen. Irgendetwas verband die beiden.

Vielleicht eine frühere Inkarnation. Toni hatte schon immer eine Schwäche für solche spirituellen Ansichten gehabt.

„Nein, nichts zu sehen. Das wird wahrscheinlich nur eine dicke Beule", erwiderte Toni. Er blickte wieder in ihre unglaublich magisch wirkenden Augen und war wie hypnotisiert.

„Als Wiedergutmachung müssen sie mich auf ein Glas Wein einladen", sagte Benita und lächelte über die Benommenheit Tonis, denn er stand regungslos mit strahlendem Gesicht vor ihr.

„Hallo Toni, was ist los?", fragte sie.

„Ach, entschuldigen sie Benita. Ich kann nichts dafür, sie sind einfach hinreißend!", antwortete Toni.

„Kommen sie, ich kenne eine kleine Bodega gleich hier um die Ecke", forderte Benita Toni auf, streckte ihm ihre Hand mit den von Toni geliebten roten, langen Fingernägeln entgegen, hakte sich bei ihm ein und sie gingen die wenigen Meter zur Bodega.

Die Bodega befand sich in einer kleinen Seitengasse, unweit der Rambla, und war gut besucht. Dunkelbraune, fast schwarze Holzmöbel bestimmten den Raum. Umfunktionierte Weinfässer an den Wänden dienten als Dekoration, rote schwere Gardinen und der raue Putz mit eingelassenen Steinen vervollständigten das gemütliche Ambiente.

Spanische Klänge kamen von einem jungen Gitarristen, der sein Handwerk wirklich hervorragend verstand. Begleitet wurde dieser von einer noch sehr jungen, hochbegabten, dunkelhaarigen Sängerin.

„Von was singt die Sängerin?", wollte Toni wissen.

„Como un mar eterno", antwortete Benita, „die Liebe ist wie das ewiges Meer."

Toni bekam eine Gänsehaut am ganzen Körper. Natürlich bemerkte Benita die Reaktion Tonis und war angenehm erregt.

„Toni, was machen sie hier in meiner Stadt?", fragte sie in einer sehr erotischen Tonlage.

Toni starrte wie hypnotisiert in ihre hellblauen, faszinierenden Augen, die mit starkem Lidschatten und gekonnt aufgetragenem Kajal wie zwei riesige Diamanten funkelten. Ihr Mund lud ihn in

Gedanken ein, ihr einen zarten Kuss zu entlocken. Die weißen Zähne leuchteten dazu wie Sterne.

„Ich … ich … bin auf einem Seminar", stotterte Toni. Benita schien Gefallen an der Reaktion Tonis zu finden, wurde immer mehr erregt und in seinen Bann gezogen. Eigentlich spielte sie ein wenig mit ihren Reizen und Toni konnte sich ihr nicht entziehen. Er war gefangen, wie eine Fliege in einem Spinnennetz.

„En el amor, Toni", hauchte Benita ihm entgegen und hielt ihr Glas Rioja hoch. Toni verstand ein wenig Spanisch und wusste, was das bedeutete; „Auf die Liebe", zitternd nahm er sein Glas in die Hand, nickte Benita zu und sagte: „Sag Toni zu mir und lass das „sie" weg."

„Benita", erwiderte sie und drückte endlich ihre vollen, rot geschminkten Lippen zärtlich auf seinen Mund.

„Wie lange bleibst du noch in Barcelona?", fragte Benita.

„Bis morgen, ich fliege morgen Mittag wieder nach Hause", stotterte Toni.

„Warum bist du denn alleine hier unterwegs in der Stadt?", wollte Toni wissen.

„Ach, weißt du, ich bin Witwe. Mein Mann ist vor fünf Jahren gestorben. Ich war damals gerade 35 Jahre alt. Ich habe seine Geschäfte in Madrid übernommen. Dadurch hatte ich keine Zeit mehr für irgendetwas außer der Firma. Dies habe ich vor ein paar Monaten geändert, ich hab die Firma verkauft und meine neue Firma in Barcelona eröffnet", antwortete Benita.

Mit einem großen Schluck trank sie den Rest ihres Riojas aus und forderte den Kellner auf nachzuschenken.

„Los Toni, trink mit mir einen Schluck! Wir wollen heute feiern, dass wir uns hier getroffen haben!", lächelte Benita ihm entgegen. Toni trank sein Glas in einem Zug leer.

Benita stand auf und zog Toni mit sanfter Geste auf die kleine Tanzfläche im dunklen Eck der Bodega. Eng, aber ganz vorsichtig schmiegte sie sich an Tonis Körper, er merkte, sie war ausgehungert.

Sie verzehrte sich nach Zärtlichkeit und Wärme. Ihr Parfüm hatte auf ihn die Wirkung einer Droge, Toni roch nur noch ihren orientalisch kräftigen Duft und genoss die enge Umarmung Benitas. Er spürte ihre große Oberweite und ihre stark erregten Brustwarzen.

Seine Hose wurde enger und enger. Nach ein paar Minuten knabberte sie zärtlich an seinem Ohrläppchen, leckte vorsichtig dran und säuselt ihm ins Ohr: „Toni, lass uns gehen. Ich will dir meine Firma zeigen."

Toni konnte nicht anders, sein Gehirn war ausgeschaltet. Er folgte Benita wie hypnotisiert. Vor der Bodega stiegen sie in ein zufällig vorbeifahrendes Taxi und hielten nach zwanzig Minuten rasanter Fahrt an einem Villenanwesen am Rande der Stadt an, in der Nähe des Parks Güell.

Eine sehr geschmackvolle Villa modernen Baustils, eingeformt in eine weiße Felswand, wie eine Empore über den Dächern Barcelonas und bestimmt sündhaft teuer. Die indirekte Beleuchtung im palmenreichen Garten erzeugte eine atemberaubende Atmosphäre, wie im Märchen Tausend und eine Nacht.

„Nicht schlecht, ist das deine Firma?", fragte Toni.

Benita lachte. „Ja und nein, ich wohne hier. Komm mit, ich zeig dir mein Zuhause."

Benita zahlte großzügig die Taxirechnung und lockte Toni zu sich ans Haus. Sie drückte ihren Finger auf einen Sensor ihrer alarmgesicherten, weißen, mit Glas durchzogenen Haustür und die Türe öffnete sich automatisch.

Anthrazitfarbiger Boden in großen Platten verlegt, umrahmt mit kleinen bunten Mosaiksteinen ließ den Eingangsbereich wie eine mittelalterliche Piazza erscheinen. Von hier aus hatte man bereits einen Blick durchs Wohnzimmer, nein, durch die Wohnhalle, auf den von unten indirekt beleuchteten Pool mit hellblauem Wasser. Dahinter die Stadt Barcelona in ihrer vollen Lichterpracht. Ein Bild, welches Toni eigentlich nur aus Katalogen kannte.

„Wow!", sagte Toni, „Hier wohnst du, das ist ja absolute Spitze!"

Toni war überwältigt von der Eleganz und dem geschmackvollen Einrichtungsstil. Nicht protzig - aber exklusiv.

Der dunkle Holzboden wurde teilweise bedeckt von weißen, plüschigen Teppichen, dazu Glastische und ein riesiges cremefarbenes Kuschelsofa und ringsherum Fenster. Eigentlich war es ein Glashaus eingeschmiegt in die Natur.

Benita lächelte ihm zu, ging in die Designerküche, schaltete beim vorbeigehen die Stereoanlage an und das Lied „Como un mar eterno" erklang erneut.

Sie öffnete eine Flasche erlesenen Champagners. „Plopp". Toni zuckte zusammen und ging schnell in die Küche hinterher und sah wie der Champagner sich über Benitas Gesicht und ihre Bluse ergoss.

Ihre Bluse war jetzt durchsichtig und sie trug keinen BH darunter. Benita lachte schon etwas beschwipst und forderte Toni unmissverständlich auf: „Los leck es mir weg!"

Toni durchzuckte ein Blitz und begann erst zärtlich und dann immer gieriger den verschütteten Champagner von ihrem heißen Körper zu lecken. Benita wurde dadurch immer stärker erregt und ihr Stöhnen ließ Toni zur Höchstform auflaufen.

„Hör ja nicht auf! Mach weiter! Los, mach weiter!", stöhnte Benita und drückte seinen Kopf langsam und behutsam nach unten zwischen ihre Schenkel. Toni war so erregt, wie schon lange nicht mehr.

Seine Mannespracht drückte mächtig gegen seine Hose, die er unauffällig in kniender Position ablegte. Er bahnte sich küssend den Weg zurück nach oben, zurück zu ihren prallen Brüsten, öffnete die nasse Bluse und saugte zärtlich an ihren Brustwarzen, bevor er mit lautem Stöhnen in Benita eindrang.

Benita und Toni verschmolzen ineinander und verbrachten eine hemmungslos, wilde, lange Nacht, in der an Schlaf nicht zu denken war.

Die erste Nacht

„Toni … Toni", säuselte Benita Toni ins Ohr. „Steh auf, es gibt Frühstück."

Toni rieb seine Augen, schaute sich um und fand sich in Benitas Schlafzimmer wieder. Auch hier war ein dunkler Holzboden verlegt, auf dem weiße Teppiche lagen, der Raum war mit hellen, schlichten Möbeln eingerichtet.

Mitten im Zimmer befand sich das riesige Bett. Er blickte von dort aus durch die große Fensterfront direkt über Barcelona aufs Meer. Toni fühlte sich super. Keine Spur von schlechtem Gewissen, es fühlte sich alles so richtig gut an.

„Guten Morgen, Benita", er schaute ihr tief in die faszinierenden Augen und sagte: „Das war ein sehr schöner Abend."

Benita lächelte und zog Toni zärtlich aus dem Bett an den Frühstückstisch auf der Terrasse.

„Toni", sagte sie, „ich danke dir für diesen herrlichen Abend. Ich weiß, du bist verheiratet, aber es sollte einfach so sein, wie es geschehen ist."

Toni starrte wortlos in ihre Augen und nickte.

Nach dem Frühstück sagte Benita: „Komm mit, ich zeig dir etwas." Sie gingen durch dieses wahnsinnig stilvolle Anwesen hinab in den Souterrain-Bereich. Sie öffnete eine massive, feuerfeste Türe und sie standen in einem riesigen Chemielabor.

„Schau Toni, das ist meine neue Firma."

Toni war wieder einmal sprachlos.

„Das ist der Hammer! Von außen kann man gar nicht erkennen, dass hier ein solch riesiges Labor ist!", dachte Toni laut vor sich hin.

„Das ist auch gut so", erwiderte Benita, „hier ist das Herz meiner Firma, das Gehirn, das Knowhow. Alles, was hier entwickelt wird ist hochspezialisierte Medikation meiner Vital- und Schönheitsmedizin. Hier finden Menschen die Mittel, die ihnen die ewige Jugend verleihen. Hier arbeiten acht der qualifiziertesten Chemiespezialisten und entwickeln Präparate, die außerhalb von Barcelona in Großproduktion gehen."

„Wie kommst du denn auf so eine Geschäftsidee?", fragte Toni erstaunt.

„Mein verstorbener Mann war in der Branche sehr erfolgreich tätig. Als er starb wollte ich seine Firma weiterführen, aber ich habe nicht so viel Ahnung von Chemie, deshalb habe ich sie verkauft. Allerdings habe ich seine besten Chemiker behalten und nun machen wir etwas, wovon auch ich etwas verstehe: Beauty & Vital Medikation", erklärte Benita.

Toni leuchtete diese Erklärung ein und fragte auch nicht mehr weiter. Er sah nur, dass enorme

Investitionskosten getätigt wurden, um dieses Hightech Labor einzurichten. Immerhin war er in einer ähnlichen Branche beschäftigt und konnte dies ganz gut einschätzen.

„Benita, ich muss gehen", beide lachten.

„Ja, du solltest jetzt gehen. Sonst bekommst du noch Ärger mit deiner Frau", lächelte Benita ihm entgegen. Toni packte seine Sachen, verabschiedete sich mit einem langen, zärtlichen Kuss von Benita und wollte gerade in das gerufene Taxi steigen als Benita ihm zurief:

„Toni, komm bitte wieder!"

Toni bekam Gänsehaut von ihrem Blick und ihrem aufreizenden Aussehen, obwohl sie nur mit einem Bademantel bekleidet war und lächelte.

„Aber sicher, ich komme gerne wieder. Adios chica!"

„Hallo mein Schatz, endlich bist du wieder da! Du hast mir gefehlt", sagte Elena freudig, als Toni durch die Haustüre trat.

„Papa, Papa, mein Papa, endlich bist du wieder da. Hast du mir was mitgebracht?", die großen freudigen Augen von John strahlten ihn an.

„Hallo mein Schatz, schön dich wieder zu sehen", begrüßte Toni etwas kühl seine Elena und drückte dafür sein Söhnchen umso mehr.

„Papa hat ganz feste arbeiten müssen und hatte

keine Zeit zum Einkaufen", antwortete Toni.

„Ohhhh, schade", erwiderte John, als aber Toni aus seiner Tasche einen kleinen roten Stier mit schwarzen Hörnern herauszog und wie wild mit lautem Gebrüll auf John losging, strahlten Johns Augen wieder umso mehr.

Beide lachten schallend, quietschten durch die Wohnung und jagten sich wie kleine Hunde, bis sie auf dem Sofa zum Ausschnaufen anhielten.

„Ohh, danke Papa. Du bist der Beste!", antwortete John und drückte seinem Papa einen dicken Kuss auf die Wange.

„Wie war deine Fortbildung?", fragte Elena.

„Naja, wie so eine Fortbildung eben ist, ganz gut eigentlich."

„Geil, war die Fortbildung, so richtig geil! Vor allem im Bett war's geil." Da war sie wieder, die fiese Stimme in Tonis Kopf. „Du brauchst ihr nichts zu sagen, das machen doch alle so!"

Toni starrte verdutzt Elena an.

„Was ist los Schatz? Du schaust so komisch?", fragte Elena.

„Ach nichts, ich war nur in Gedanken … ans Geschäft …", antwortete Toni etwas zögerlich.

Natürlich bemerkte Elena sofort, dass da etwas nicht stimmte. Aber, um keine Unstimmigkeit hervorzurufen, hielt sie sich zurück, schließlich kam Toni gerade von seiner Geschäftsreise und sie hatten sich ein paar Tage nicht gesehen.

„Elena, ich denke es ist an der Zeit in unserem Leben etwas zu verändern. Lass uns heute Abend darüber reden. Ich komme nicht zu spät nach Hause", sagte Toni.

Mit einem Schwups setzte er den kleinen John auf den Sofaplatz neben sich, packte seine Geschäftstasche und verabschiedete sich mit einem Grinsen im Gesicht von beiden.

„Tschüss, bis heute Abend. Ich muss noch mal ins Geschäft", rief Toni, bevor die klapprige Haustüre hinter ihm in das marode Schloss fiel.

Elena war es unwohl an den Gedanken an heute Abend. Er war anders, anders als sie ihn kannte. Aber vielleicht war es nur der Stress von seiner Reise. Unzählige Gedanken hämmerten ihr durch den Kopf. Sie versuchte, sich den Rest des Tages mit John abzulenken.

„Guten Tag, Herr Wing. Wie war ihre Geschäftsreise? Ich hoffe die Flüge und die Hotelreservierungen waren o.k.?", empfing ihn seine Sekretärin.

„Ja, danke, war alles sehr gut. Vielen Dank", antwortete er mit einem Lächeln. „Gibt's offene Punkte für heute? Ich habe noch einen externen Termin heute Mittag", fragte Toni seine Sekretärin.

„Nein, soweit alles ok. Morgen ist um 13:00 Uhr die Vorstandssitzung", antwortete sie.

„Ok, das hört sich gut an", antwortete er und zog sich in sein Büro zurück.

Eigentlich konnte Toni keinen klaren Gedanken fassen, stets sah er Benita, die Villa und das Chemielabor vor sich und hatte immer noch den Duft ihres unbeschreiblichen Parfüms in seiner Nase. „Was mache ich da denn eigentlich Verrücktes?", fragte er sich.

„Was du machst? Genau das, was alle tun", stürmte schon wieder die fiese Stimme in seinem Kopf hervor. „Das gefällt dir doch, leg doch mal die Gefühlsduselei ab. Du hast Erfolg im Beruf. Du hast Geld, du hast Macht, du hast eine Familie und du hast eine heiße Geliebte, was willst du denn? Das will doch jeder, DU hast es Wing!"

Toni wurde ganz kleinlaut und dachte über die Worte nach. „Will ich das denn wirklich?", Zweifel standen ihm im Gesicht.

Gegen Abend schloss Toni die Haustüre seiner Wohnung auf und stand mit einem großen Strauß roter Rosen und einem gewaltig schlechten Gewissen vor seiner Elena.

„Guten Abend Schatz, es gibt etwas zu besprechen", strahlte Toni ihr entgegen. Elena aber brach in Tränen aus. Sie war so verunsichert. Beichtete er ihr jetzt gleich wieder einen Seitensprung oder gab es etwas zu feiern?

„Toni, Toni", sie klammerte sich an ihn, drückte ihn so fest sie konnte und strahlte ihn an. „Ich liebe dich, Schatz. Ich bin froh, dass ich dich habe."

„Ja, ich liebe dich auch", antwortete Toni.

Die Stimme in Tonis Kopf lachte schallend.

„Du bist doch so ein richtiger Trottel Toni."

Toni ließ sich nichts anmerken.

„Schatz, setz dich hin. Schau mal", Toni zog Elena an den Esstisch. „Hier, das sind zwei Exposés von Makler Heinke. Ich habe ihn heute besucht und er hat uns diese beiden Häuser herausgesucht und zum Kauf vorgeschlagen. Morgen früh um 10 Uhr ist Besichtigung. Schau sie dir mal an. Ich gehe solange Duschen."

Toni verschwand im Schlafzimmer. Elena blätterte aufmerksam die Exposés durch.

„Wow, nicht schlecht. Aber 750.000 Euro bzw., 920.000 Euro ist doch etwas zu teuer für uns", sprach sie leise vor sich hin.

„Ach was!", unterbrach sie Toni, der bereits frisch geduscht, den Duft und die Spuren der anderen Frau abgewaschen, im Bademantel sich unauffällig von hinten an sie herangeschlichen hatte.

„Du entscheidest morgen, welches Haus wir kaufen und ich besorg das Geld", er lachte, küsste sie auf die Wange und legte drei Flugtickets auf den Tisch.

„Was ist denn das?", fragte Elena.

„Was soll das schon sein?", antwortete Toni, „Das sind die Tickets für unseren Urlaub. Wir fliegen nächste Woche für 14 Tage in die Türkei. Robinson Club, All in, 5 Sterne."

Elena, starrte Toni an. „Was machst du mit mir?

Wir können uns doch so etwas gar nicht leisten."

Toni unterbrach ihren Satz durch einen sanften Kuss auf ihre Lippen.

„Elena, glaub mir, wir können uns das leisten. Ich bin doch jetzt der Controller."

Elena war überzeugt, dass ihr Toni alles im Griff hatte und schenkte ihm - wie immer- ihr volles Vertrauen.

„Lass uns ins Bett gehen, wir müssen doch ausgeruht sein, wenn wir morgen unser neues Haus anschauen", er kitzelte Elena oberhalb der Hüfte, sie quickte los und die beiden verschwanden im Schlafzimmer. Ihr lautes Stöhnen war durch die ganze Wohnung zu hören, aber Söhnchen John schlief bereits tief und fest.

Was die Nachbarn dazu sagten, konnte ihnen bald egal sein.

Das neue Haus

Makler Heinke war bereits da, als Toni am nächsten Morgen mit Elena in die vereinbarte Seitenstraße der Neubausiedlung fuhr und vor dem ersten Einfamilienhaus stoppte.

„Guten Morgen Frau Wing. Guten Morgen Herr Wing", begrüßte der Makler die beiden freudig.

„Ja, einen guten Morgen wünsche ich ihnen Herr Heinke", kam Toni dem Makler entgegen und drückte mit kräftigem Druck die gepflegte Maklerhand. „Danke für ihre Bemühungen", ergänzte Toni.

„Das ist super einfach, die beiden in Frage kommenden Objekte befinden sich nebeneinander. Elena, sieh dir die Häuser genau an. Du entscheidest, welches wir nehmen. Ich muss vorher noch dringend telefonieren", sagte Toni. Elena war etwas verwundert über die Aktion von Toni, dachte sich aber nichts weiter dabei und ging mit Herrn Heinke ins erste Haus.

„Bist du es?", flüsterte Toni in sein neues iPhone.

„Hey, Toni, schön, dass du anrufst", erwiderte

Benita.

„Ich wollte dir nur sagen ...", Tonis Atem stockte.

„Was wolltest du mir sagen?", fragte Benita zurück.

„Ich wollte dir nur Danke sagen. Danke, dass wir uns getroffen haben", flüsterte er.

„Ach Toni, das ist aber nett von dir. Du bist ein ganz Lieber. Wenn es dir reinpasst weißt du ja, meine Türe ist immer auf für dich. Ich muss jetzt Schluss machen ich muss ins Labor", erwiderte sie.

„Ja klar, natürlich, ich liebe dich", sagte er mit leiser Stimme, sein ganzer Körper bekam eine Gänsehaut. Jetzt war es soweit. Er liebte eine andere. Er betrog seine Frau.

„Te quiero también", hauchte Benita durchs Telefon, was heißt „ich liebe dich auch" und legte auf.

„Toni, Toni, das musst du sehen!", rief Elena aufgeregt aus dem Dachfenster, „komm schnell hier hoch!"

Toni ging ins Haus und fand Elena im Dachstudio des ersten Hauses. Es war ein riesiges Dachstudio, weißes massives Holz, dunkler Boden und eine Glasfront nach Süden mit Blick auf den Bodensee und die Schweizer Berge, dabei war das Studio uneinsehbar.

Toni erinnerte dieser Blick an Barcelona, an Benita

und an die heiße, unvergessliche Nacht.

„Ja das ist wirklich super hier. Gefällt's dir Schatz?", fragte er seine Elena mit einem Grinsen im Gesicht.

„Toni, das Haus ist der Hammer! Alles ist so groß, lichtdurchflutet und so schön neu."

„Willst du das andere Haus gar nicht anschauen?"

„Doch natürlich, aber ich kann mir nicht vorstellen, dass es etwas Schöneres gibt!", antwortete sie überglücklich.

Nach einer knappen Besichtigung des zweiten Hauses war es entschieden.

„Toni, das erste Haus, das ist so toll! Ich kann es mir gar nicht besser vorstellen!", antwortete Elena strahlend.

„Herr Heinke, bereiten sie die Papiere vor, das Haus ist gekauft", forderte Toni elegant und großzügig in überzeugender Managerart den Makler auf.

Heinke strahlte über beide Ohren. Elena sprang Toni mit einem Jauchzen entgegen.

„Danke, danke, danke!", seufzte sie und bedankte sich anschließend bei Herrn Heinke für die exzellente Auswahl.

„Wir fliegen nächste Woche für zwei Wochen in den Urlaub. Danach wäre es schön, wenn sie die Termine beim Notar und die Papiere fertig haben. Danke nochmals Herr Heinke", verabschiedete sich Toni und schon fuhr er mit seinem sportlichen

Firmenwagen davon.

„So Freunde, jetzt geht's los. Morgen fliegen wir in den Urlaub", begrüßte Toni seine Familie als er am Abend nach Hause kam. „Jippy, endlich Flugzeug fliegen mit Papa!", jauchzte John und sprang Toni in die Arme.

„Hallo Schatz", begrüßte Elena Toni, „ich freue mich riesig, ich bin so froh, dass wir uns auch mal einen Flugurlaub leisten können. Nur du, John und ich."

Sie umarmte Toni und drückte ihn zärtlich. Toni stand nur da und sagte nichts. So, wie eben Männer dastehen, wenn sie von ihrer Frau aufgefordert werden, Gefühle zu zeigen.

„Lasst uns doch mal eine Packliste erstellen. Wir schreiben alles auf, was uns zum Urlaub einfällt, damit wir ja nichts vergessen", unterbrach Toni die für ihn peinliche Stille.

„Ja, das ist eine gute Idee!", jauchzte John, „Ich hol gleich mal einen Zettel."

Die drei setzten sich an alten kleinen Esszimmertisch und begannen eine lange Urlaubsliste zu erstellen. Nach etwa einer halben Stunde waren alle wichtigen Dinge aufgeschrieben und sie machten sich auf, die Koffer zu packen.

„Toni, hol du doch mal bitte die Koffer aus dem Keller. John und ich fangen schon mal an die Sachen zu packen", forderte Elena ihren geliebten Toni auf.

„Klar Schatz, mach ich", erwiderte Toni, schnappte sein Handy und den Kellerschlüssel und ging durchs Treppenhaus hinab in den Keller.

„Benita. Hallo Benita, hier ist Toni", wisperte Toni bereits auf der Kellertreppe in sein Handy.

„Hola Toni, schön dass du anrufst, wie geht es dir?", antwortete Benita mit ihrer erotischen Stimme.

„Mir geht's gut, ich hoffe dir auch?", erwiderte Toni freudig.

„Naja, ich vermisse dich", antwortete Benita mit etwas trauriger Stimme.

„Los sag ihr, dass du sie auch vermisst. Das will sie doch hören!", wurde Toni von der fiesen Stimme in seinem Kopf aufgefordert.

Irgendetwas hinderte ihn, auf die Stimme im Kopf zu hören. Er konnte und wollte es auch nicht sagen dennoch antwortete er:„Ja, ich vermiss dich auch, Benita."

Es war Stille. Die Stille sagte ohne Worte aus, was Toni sich dachte und Benita spürte dies.

„Ok Toni, was gibt's?", wollte sie wissen.

„Hör mal, ich fahre, nein ich muss mit meiner Frau und meinem Sohn in den Urlaub fahren. Die wollten unbedingt in die Türkei. In einen Club - für 14 Tage", antwortete er peinlich berührt.

„Bist du noch dran?", fragte Toni. Nach ein paar

unendlich scheinenden Sekunden antwortete Benita.

„Ja klar, schade, ich dachte …", als plötzlich Elena durch den Kellerflur rief:

„Toni, Toni bist du da? Ist alles klar?"

„Benita ich muss auflegen, ich melde mich nach dem Urlaub wieder", flüsterte Toni hastig ins Telefon, drückte die rote Taste am Handy und ließ es unauffällig in seiner Hosentasche verschwinden.

„Toni, bist du da? Mit wem sprichst du?", wollte Elena wissen, die inzwischen auf die Abstellkammer im zugeteilten Kellerabteil zuging.

„Ja, hier bin ich Schatz", rief Toni mit künstlich freudiger Stimme zurück, „ich kann beim besten Willen unsere Koffer nicht finden!", ergänzte er.

„Toni, hier, die Koffer stehen genau neben dir", wunderte sich Elena und zeigte mit ihrer Hand auf die riesigen Koffer direkt neben Tonis Bein. Elena wunderte sich, wie konnte ein ausgewachsener Mensch die Koffer genau neben sich nicht sehen, das war seltsam.

„Ach, die hab ich gar nicht gesehen. So was aber auch!", antwortete er in dümmlicher Art, schnappte die Koffer, klemmte jeweils einen unter seinen Arm, den Dritten nahm er in die Hand und schleppte alle drei zum Treppenhaus.

„Toni?", rief Elena.

„Ja, was ist Schatz?", erwiderte er freundlich, ohne sich umzudrehen.

„Alles klar bei dir?", wollte sie erneut wissen.

„Ja klar, alles klar. Lass uns hoch gehen packen, es geht ab in den Urlaub!", frohlockte er mit schlechtem Gewissen und machte sich auf den mühsamen Weg über das Treppenhaus in das vierte Obergeschoß, natürlich ohne Aufzug.

Elenas Sensoren waren angesprungen. Irgendetwas stimmte nicht mit Toni. War er überfordert mit seinem Beruf oder war er krank? Sie machte sich fürsorgliche Gedanken. Hatte er vielleicht Alzheimer? „Nein, nein", sie beruhigte sich selbst „da wird schon nichts sein, er war einfach müde und etwas gestresst!"

Pünktlich um 11:00 Uhr hob der Ferienflieger vom Bodensee-Airport Friedrichshafen in Richtung Antalya ab. Freudig aufgeregt saß der kleine John am Fensterplatz und staunte nicht schlecht, als die Maschine mit einem gewaltigen Getöse vom Boden abhob und über dem Bodensee in Richtung Süd-Osten abdrehte, in Richtung Türkei.

„Toni, geht's dir wieder besser?", wollte Elena besorgt wissen.

„Na klar, was ist denn? Frag mich doch nicht immer wie es mir geht. Wenn's mir schlecht geht, sage ich es dir schon", murrte er. Elena war enttäuscht. Sie hatte sich so sehr auf den Urlaub mit ihrer Familie gefreut und nun fing dieser schon mit Missstimmung an.

„Ich hab doch nichts Böses gemacht. Ich wollte

doch nur wissen, ob´s ihm gut geht!", dachte sie sich, als Toni zeitgleich seinen Arm um sie legte, sie etwas zu sich herzog und ins Ohr flüsterte:

„Tut mir leid. Ich wollte dich nicht verärgern."

Elena schaute in Tonis Augen und war glücklich über seine Reaktion, dennoch hatte sie ein unwohles Gefühl dabei.

Am Flughafen von Antalya war Hochbetrieb. Es waren Pfingstferien in Deutschland und somit tausende von Menschen gleichzeitig unterwegs, ihr Urlaubdomizil zu beziehen. Von einem braungebrannten, jungen, türkischen Reiseleiter wurden sie in perfektem Deutsch empfangen, begrüßt und mit den anderen Gästen mit dem wartenden Bus in die noble Herberge des Robinson Clubs nach Side gefahren.

Luxus pur, All In, in modernen sauberen Suiten. Ein Urlaub, wie man ihn sich nur wünschen konnte.

Toni, Elena und der kleine John verbrachten wunderschöne Tage in der Türkei. Sie genossen sich, die warme Meeresluft und konnten einfach mal vom Alltag abschalten. Nach erholsamen und entspannten Tagen hatte sie die Heimat Deutschland bald wieder.

Der Makler Heinke hatte alle versprochenen Vereinbarungen eingehalten und ihr neues Haus wartete bereits darauf, bezogen zu werden. Ein örtliches Umzugsunternehmen half Familie Wing alles perfekt zu verpacken, die wenigen Möbel, die sie besaßen nach unten in den bereitgestellten Lastwagen zu schleppen und zur neuen Bleibe zu fahren. Bereits nach wenigen Tagen waren die Wings komplett eingezogen und fühlten sich richtig wohl und angekommen. Angekommen im Glück des Lebens, im Luxus und Wohlstand ohne Leid und Sorgen.

Toni konnte sein Leben gut mit seinem Geheimnis in Spanien arrangieren.

„Was soll's", dachte er sich, „das machen doch alle so. Und so schlecht geht's Elena schließlich auch nicht. Immerhin wohnt sie jetzt in einem riesigen Haus und braucht nicht einmal dafür zu Arbeiten. Und Geld hat sie auch genügend zu Verfügung."

Die fiese Stimme im Kopf jubelte: „Jetzt hast du es auch kapiert Wing, weiter so, du hast nur dieses eine Leben und deine Zeit ist begrenzt."

Die Eskalation

„Guten Morgen die Herren", begrüßte Herr Sera die versammelten Vorstandsmitglieder in der ersten Sitzung nach der Sommerpause. „Ich habe die ersten korrigierten Geschäftszahlen der ersten beiden Quartale von Herrn Wing erhalten und ich muss ihnen mitteilen, dass...", Sera unterbrach seine Rede, kramte aus seiner Hosentasche ein Brillenputztuch heraus, säuberte seine kleine hornfarbene Brille und fuhr fort, „...,dass unser Geschäftsergebnis wieder den richtigen Trend aufweist und möchte vor allem ihnen, Herr Wing, mein Kompliment aussprechen für ihre exzellente Vorarbeit und Ausarbeitung der Konzernzahlen."

Eine respektvolle Ruhe lag im Raum. Alle Blicke richteten sich auf Tonis Gesicht.

„Danke, danke Herr Sera. Ohne Hilfe der Kollegen Kranz, Rau, Spät und Lieh hätte ich die Ausarbeitung nicht so professionell ausführen können. Vielen Dank nochmal an sie alle", antwortete Toni professionell.

Sera und die anderen Kollegen klopften bestätigend auf den massiven Holztisch und strahlten Toni sichtlich erfreut an.

Toni war nun vollends akzeptiert, aber noch nicht ganz aufgenommen in die Vorstandsschaft, er war nur Bereichsleiter, aber er war überzeugt von seiner Arbeit, seinem Handeln und seinem Verhalten. Und wer weiß, er war jedenfalls auf dem richtigen Weg nach oben auf der Karriereleiter.

Die Arbeit wurde täglich intensiver und verlangte Toni sein größtmögliches Geschick ab. Er war ein richtiger Controller geworden und konnte perfekt die Zahlen lesen, erkennen und auch mit ihnen jonglieren.

Sein Telefon klingelte. Auf dem Display war die Nummer unterdrückt.

„Hier Wing", meldete sich Toni.

„Du hast mich vergessen", hauchte eine Stimme mit spanischem Akzent durchs Telefon.

„Benita. Nein, ich habe dich nicht vergessen. Schön, dass du anrufst!", erwiderte Toni freudig erregt. Tatsächlich war Benita etwas in den Hintergrund seines Lebens gerückt.

Da war der Türkeiurlaub, der Umzug ins neue Haus, dann der Stress in der Firma ...

„Doch, du hast mich vergessen!", hörbar gekränkt erkannte Toni den Handlungsbedarf.

„Nein, glaub mir! Ich war einfach überhäuft mit allem", antwortete er.

„Ok Toni, du kannst mir einen Gefallen tun, damit ich nicht mehr böse mit dir bin", säuselte Benita mit ihrem erotisch spanischem Akzent durch den

Hörer.

„Ok, ich mache alles, was du willst", antwortete Toni.

„Toni, ich brauche deine Hilfe. Du weißt doch von meiner neuen Firma. Wir haben Probleme mit Lieferanten und Teillieferungen von speziellen genehmigungspflichtigen Chemikalien hier in Spanien. Könntest du mir von Deutschland aus etwas unter die Arme greifen und vielleicht mit Herrn Kranz, der ja ein guter Bekannter von meinem verstorbenen Mann war, etwas für mich vermitteln? Du hättest dann natürlich einen Wunsch bei mir frei…"

Toni lief es eiskalt den Rücken herunter.

Zum einen, was hatte Kranz mit Benitas verstorbenem Mann zu tun und zum anderen der Gedanke an den freien Wunsch bei Benita… Seine Gedanken hüpften hin und her. Was ihn mehr davon erregte konnte er nicht sagen.

„Benita, sag mir was du brauchst, ich helfe dir", antwortete Toni mit entschlossener Stimme. Nach dem nun folgenden längeren Gespräch war es Toni klar.

Benitas Firma „Beautyfam" benötigte Chemikalien, welche genehmigungspflichtig waren. Einerseits aufgrund des Reinheitsgebots der Chemiegrundsubstanzen und andererseits, um das Herstellen von synthetischen Drogen zu verhindern.

„Benita, ich denke solche Details kann man am

Telefon nicht vollständig ausdiskutieren. Vielleicht könntest du Herrn Dr. Spät bitten, ein Treffen zu arrangieren", antwortete Toni.

„Ok, mach ich", erwiderte Benita mit dankbarer Stimme.

„Bis bald, und denk dir schon mal einen Wunsch aus", - klack -, und das Gespräch war unterbrochen.

Toni war erregt durch die Art und Weise wie Benita sprach, handelte und ihn geschickt einwickelte. Das war es, was er brauchte und was ihn so sehr an ihr reizte.

Toni tippte auf seinem Telefon eine fünfstellige interne Nummer. „Hallo Herr Kranz, hier spricht Wing. Können wir uns heute Mittag für eine halbe Stunde treffen?"

„Wing, na klar. Für sie nehme ich mir die Zeit. Kommen sie um 16:00 Uhr in mein Büro."

„Na Wing, was steht an, wie kann ich helfen?", strahlte ihn Kranz dann am Nachmittag an. Die sonnengebräunte, wettergegerbte Haut und sein graues, zurückgekämmtes langes Haar ließen ihn wie einen Gigolo aussehen.

„Auf solche Typen fallen bestimmt so einige Frauen rein!", dachte Toni, als er Kranz die Hand schüttelte.

„Herr Kranz, Frau Garcia von Beautyfam braucht unsere Hilfe", begann Toni das Gespräch.

„Ach, die kleine Benita, die hat die Firma von ihrem verstorbenen Mann übernommen", lachte

Kranz laut los.

Toni war sichtlich verwirrt über seine Reaktion.

„Darf ich fragen, warum sie so herzhaft darüber lachen?", fragte Toni etwas überrascht.

„Wing, nehm dich bloß in Acht! Das kleine Luder hat's faustdick hinter den Ohren. Ihr guter Mann ist angeblich bei einem Segelunfall vor der Küste Barcelonas über Bord gegangen und nie wieder aufgetaucht. Die Behörden sagten angeblich, er war betrunken. So ein Quatsch, der Trottel hat weder geraucht noch gesoffen. Das einzige, was der hatte war Kohle, so richtig viel Kohle und einen guten Riecher fürs dicke Geschäft, wenn du verstehst was ich meine."

Toni war sichtlich getroffen. Er stand regungslos vor Kranz und starrte ihn an. Sollte seine Benita ihn wirklich belogen haben? Oder hatte sie ihn überhaupt belogen?

Er hatte sie nie über weitere Details aus ihrem Leben befragt, sie hatte nie von sich aus etwas erzählt. Und die Geschichte mit dem Bootsunfall. Konnte das wahr sein? Nein! Nein, Toni konnte das nicht glauben.

„Ach, der Wing ist verliebt!", Kranz lachte wieder lauthals mit seiner verrauchten Stimme los. „Das ist ja der Klassiker, haha, der Familienvater Wing turtelt mit Benita! Haha, das ist wirklich komisch."

Plötzlich verstummte Kranz, stand auf und packte Wing an der Krawatte.

„Freundchen, pass bloß auf, was du tust und versau mir nicht das Geschäft!"

Toni, war wie versteinert. Nicht einmal zum Zittern war er fähig. Er war einfach regungslos und starr. Er kam sich vor wie eine Fliege, die von einer Monsterspinne in ein dickes Spinnennetz eingewebt worden war.

„Hör zu Wing, ich kümmere mich um die Bedürfnisse von Beautyfam und du lässt die Finger von Benita, ist das klar?", donnerte Kranz resolut durch den Raum. Im selben Moment klingelt Kranz Telefon.

„Oh, der Big Boss", sagte Kranz etwas hämisch und schaute auf das Display des Telefons. „Guten Tag, Herr Dr. Spät, was kann ich für sie tun?", antwortete Kranz wieder mit professionell freundlicher Stimme.

„Ja, ja, geht klar. Ja, ich spreche gerade mit Herrn Wing über dieselbe Angelegenheit. Ja, ein Treffen ist möglich. Ich denke, ich übernehme das. Wie,…? Herr Wing soll nach Barcelona? Ok, ja….ich richte es ihm aus. Natürlich Herr Dr. Spät. Ja, ihnen auch einen schönen Tag." Das Gespräch war beendet.

„Wing, schwing deinen Arsch nach Barcelona, der Chef hat's angeordnet. Nächste Woche findet ein Gespräch bei Beautyfam statt. Und jetzt raus aus meinem Büro."

Toni ging zur Tür und bevor er sie hinter sich zu ziehen konnte rief Kranz ihm hinterher:

„Wing, ich regle die geschäftlichen Dinge mit Beautyfam und du übernimmst von mir aus den anderen Teil."

Mit einem breiten Grinsen winkte er Toni hinaus aus seinem Büro.

„Na, wie war dein Tag?", empfing ihn am Abend Elena mit einer zärtlichen Umarmung.

„Anstrengend!", erwiderte Toni.

„Wie hast du dich im neuen Haus eingelebt?", fügte Toni hinzu. „Super, ich bin so glücklich, vor allem John genießt sein helles Zimmer und den großen Garten", schwärmte sie.

„Schatz, ich bin einfach nur schlapp und will nicht viel reden, verzeih mir. Übrigens, nächste Woche muss ich nach Barcelona, ein neuer Klient hat Bedarf an größeren Lieferungen unserer Chemikalien. Ich denke in zwei bis drei Tagen müsste das zu machen sein", antwortete Toni mit treuseliger Stimme.

„Kein Problem Toni, komm legt dich hin, ich massiere dich ein wenig" Elena zog Toni aufs Sofa und er genoss sichtlich ihre zärtlichen Hände.

„Elena, du bist die Beste, ich liebe dich", säuselte Toni vor sich hin.

„Aber Benita ist auch nicht schlecht", dachte er sich insgeheim.

„Ach Schatz, du tust doch alles für uns, ich bin so dankbar, dass ich dich habe", erwiderte Elena.

Toni war hin und her gerissen. War es richtig was er tat?

Eigentlich war es ihm völlig gleich, wer ihn massierte. Hauptsache Entspannung, einen vollen Bauch und einen ausgeglichenen Hormonhaushalt.

Die Neuigkeit

In der folgenden Woche machte sich Toni, wie mit Herrn Dr. Spät vereinbart, auf den Weg nach Barcelona zum Meeting mit Beautyfam. Kaum am Flughafen Zürich angekommen, klingelte sein Telefon.

„Toni, wo bist du? Ich kann's gar nicht mehr erwarten dich wiederzusehen", klang Benitas Stimme durch den Hörer.

„Hey Benita, ich bin fast da. Ich bin in Zürich und Boarding ist in zehn Minuten", erwiderte Toni.

„Guten Flug, ich hol dich vom Flughafen ab und pass auf dich auf, ich brauch dich noch ...", flüsterte sie mit erotisch spanischem Akzent.

„Ja, das hört sich gut an", antwortete Toni, „bis gleich."

Im Flugzeug gingen Toni wieder und wieder die Worte von Kranz durch den Kopf. Nein, er konnte sich doch nicht so in einem Menschen getäuscht haben, Benita war nicht so wie Kranz sie beschrieben hatte. Toni wollten die Worte von Kranz aber einfach nicht aus dem Kopf gehen.

Kaum kam er nach dem Zoll in die Ankunftshalle, stand schon Benita vor ihm.

Sie war wie immer top gestylt, ihre lange blonde Mähne lässig zur Seite gescheitelt, die blauen Augen leuchteten erfreut auf, als er mit schnellem Schritt auf sie zulief.

Mit ihrer auffallenden Erscheinung zog sie alle Blicke der Passanten auf sich. Sie war einfach ein absoluter Hingucker. In ihrem Bürodress sah sie so verdammt erotisch aus.

„Buenos dias Toni. Qué tal?", empfing sie Toni und drückte ihm einen zarten Kuss auf seine Lippen.

„Hey Benita, schön dich wieder zu sehen", er drückte sie zärtlich an sich und spürte ihren makellosen, wohlproportionierten Körper an sich.

„Komm, mein Auto steht im Parkverbot direkt vor der Türe".

Sie schnappte sich Tonis Hand, Toni seinen Trolley und schon saßen sie in ihrem schnellen Porsche auf dem Weg zum Meeting ihrer Firma.

„Toni, ich hab in deinem Hotel angerufen. Der Hoteldirektor ist ein guter Freund von mir", Benita kramte während der rasanten Fahrt in ihrer Handtasche und gab Toni ein Briefkuvert.

„Was ist das?", fragte Toni.

„Das ist deine Hotelrechnung. Du brauchst doch eine Rechnung, wenn du wieder nach Deutschland kommst."

Toni staunte nicht schlecht. Er öffnete das Kuvert und sah seine fingierte Hotelrechnung bis

Donnerstag dieser Woche.

„Ach - ich bleib also bis Donnerstag!", lachte Toni vor sich hin.

„Ja, bis Donnerstag. Wir haben schwierige Verhandlungen vor uns, die intensive Diskussionen benötigen ...", während Benitas dies so sagte strich sie sich über ihre volle Brust und zwinkerte Toni zu.

Beide lachten los.

Toni küsste Benita auf die Wange und sagte: „Du bist echt gut drauf."

An ihrer Villa angekommen öffnete sich automatisch das riesige Tor, sie fuhren ein, die selbstschließende Garagentüre war noch nicht ganz geschlossen, da fiel Benita wie eine ausgehungerte Raubkatze über Toni her. Sie packte ihn am Kopf, zog ihn zu sich her und küsste ihn gierig.

Sie konnte ihre Zunge kaum in Zaum halten. Wild schleckte und saugte sie an seiner Zunge und glitt immer wieder mit dieser über seine Lippen. Halb auf ihm liegend forderte sie Toni auf: „Los - besorg' s mir".

Schnell schälten sie sich aus den engen Autositzen und Toni warf Benita begierig auf die Motorhaube und bückte sich über sie.

„Du bist wirklich richtig geil", flüsterte er ihr ins Ohr.

Vorsichtig küsste er ihren Hals und sie streckte ihn weit nach hinten und genoss sichtlich seine

Liebkosungen. Benitas Puls schoss auf über 180 und ihr Atmen wurde immer schneller.

Sie wurde durch diese Liebkosungen noch wilder und unbändiger. Toni - inzwischen prall vor Manneskraft - drückte seinen Unterleib an ihren Schenkel, Benita stöhnte leise auf.

„Toni, los, besorg´s mir endlich", flehte sie ihn an. Toni stütze sich mit der einen Hand auf der Motorhaube ab und mit der anderen schob er halb auf ihr liegend ihren Rock nach oben und ihren String Tanga vorsichtig zur Seite und drang tief in sie ein. Sie fielen wie ausgehungerte Tiere übereinander her.

Beide genossen den guten Sex und lagen bereits nach wenigen Minuten nur noch keuchend aufeinander.

„Toni, ich bin so froh, dass du wieder da bist. Ich hab dich so sehr vermisst", zwinkerte sie ihm völlig verschwitzt und außer Atem zu.

„Ja, ich freu mich auch, wieder bei dir zu sein. Ich liebe dich."

Sie lächelte und umklammerte ihn.

„Los lass uns reingehen, wir haben viel zu besprechen."

Toni war erneut überwältigt beim Anblick von Benitas Villa.

„Es ist so hell hier, man hat den Eindruck man steht draußen. So viel Licht und diese geschmackvolle Einrichtung. Beim letzten Besuch war es bereits

Nacht und man konnte die gewaltige Aussicht auf Barcelona nur erahnen", wunderte Toni.

„Ja, hier kann man es gut aushalten, wenn man nicht alleine ist.", erwiderte Benita und schaute Toni strahlend an.

„Was ist los?", fragte Toni. „Du schaust so seltsam?"

„Wie ich bereits sagte, hier kann man es gut aushalten, wenn man nicht alleine ist", wiederholte sie sich. Toni wurde nicht schlau aus dieser Aussage, fragte aber nicht weiter nach.

„Toni, ich hab mit Herrn Kranz gesprochen, er hat mir viele hilfreiche Tipps geben können, um meine Probleme in den Griff zu bekommen. Ich danke dir für deine Hilfe", sagte Benita.

„Schön, das freut mich, das habe ich doch gern getan", antwortete Toni.

„Komm - ich zeig dir meine Stadt", forderte Benita Toni auf. Toni schaute verdutzt.

„Ich dachte wir hätten geschäftliche Verhandlungen zu erledigen?"

„Ach hör doch auf, Geschäfte werden eingefädelt. Arbeiten lassen wir die anderen. Los geht's Toni, Sightseeing Barcelona ist angesagt!"

Nach einem anstrengenden aber wunderschönen Tag in Barcelona kamen sie am Abend wieder in Benitas Villa an und machten es sich auf der herrlichen Terrasse gemütlich. Benita holte ihren Lieblings-Rioja aus der Küche und legte ihr Lied

„Como un mar eterno", welches sie an ihren ersten gemeinsamen Abend in der Bodega erinnerte, ein.

„Ja, hier kann man es gut aushalten, wenn man nicht alleine ist", flüsterte Benita und schaute Toni strahlend an.

„Was ist denn los?", fragte Toni, „Du schaust schon wieder so seltsam."

„Wie ich bereits sagte, hier kann man es gut aushalten, wenn man nicht alleine ist", wiederholte sie sich.

Sie kuschelte sich an seine Schulter und schaute zu ihm auf.

„Toni, wir bekommen ein Baby."

Toni wusste nicht, ob er jubeln oder heulen sollte. Das gibt's doch nicht! Schwanger! Wie soll ich das denn Elena erklären? Was würde Kranz sagen? Nein, das gibt's doch nicht!

Toni saß regungslos in seinem Korbstuhl und wusste nicht was er sagen sollte.

„Benita …", sagte Toni, doch bevor er weitere Worte durch seinen zugeschnürten Hals quetschen konnte unterbrach sie ihn.

„Kein Problem Toni, ich weiß du hast eine Familie, ich will das Kind und werde es auf die Welt bringen - für dich und mich. Als Zeichen unserer Liebe."

Toni war immer noch sprachlos. Benita zeigte mit ihrem rotlackierten Finger zum Meer.

„Schau, diese Aussicht soll unsere Tochter jeden Tag genießen", fuhr Benita fort.

„Wie – Tochter? Du weißt schon was es wird?",
konterte Toni etwas aggressiv.

„Nein, natürlich nicht, aber wir Frauen haben
eben den gewissen siebten Sinn."

Benita lächelte und kuschelte sich wieder an
Tonis Schulter.

„Ist doch prima!", rief die fiese Stimme in Tonis
Kopf „Wenn sie schwanger ist, rennt sie dir schon
nicht fort. Wer weiß, ob das Kind von dir ist.
Hauptsache du hast Spaß. Geld hat sie ja genügend.
Wenn sie das Kind aufziehen will na bitte, soll sie
doch machen".

„Was denkst du Toni?", fragte Benita.

„Ach nichts, ich bin einfach nur in Gedanken."

„Ja, kann ich verstehen, war ich anfangs auch, als
ich es vom Arzt erfuhr, aber ich habe mich schnell
an den Gedanken gewöhnt, zumal es mein erstes
Kind ist und ich bereits vierzig bin", sagte Benita.
Toni schaute ihr in die Augen.

Diese Augen, diese Sterne, was fesselt mich so
an diesen Augen? Der sinnliche Mund, die kleine
schmale Nase und ihr aufregender Körper bringen
mich wirklich um den Verstand.

„Gib mir etwas Zeit darüber nachzudenken,
Benita", sagte Toni. „Verstehe ich. Nimm dir die
Zeit die du brauchst, leg dich hin, schwimm ein
paar Runden im Pool - fühl dich wie zu Hause.
Ich bin im Labor. Komm einfach runter, wenn du
bereit bist", fügte Benita hinzu und verschwand mit

schwingenden Hüften in Richtung Kellertreppe.

„Du siehst Klasse aus!", rief Toni ihr hinterher. Benita grinste, zwinkerte ihm zu und ging hinab ins Labor.

Toni konnte keinen klaren Gedanken fassen.

„Schwanger - das gibt's doch nicht!" Minutenlang starrte er hinab auf die Dächer Barcelonas und das Meer. Mit einem Knopfdruck ließ sich der massive weiße Korbstuhl, in den er sich gesetzt hatte, nach hinten in eine angenehme Liegeposition kippen.

„Das ist ja riesengroß hier!", flüsterte Toni leise vor sich hin, „Der Pool allein hat bestimmt eine Länge von zehn Metern".

Der dunkle Schiffsboden verlief vom Wohnbereich übergangslos auf die Terrasse zum angrenzen Pool. Um den Pool waren die verschiedensten exotischen Palmen in Terrakotta-Töpfen arrangiert. Man konnte den Eindruck gewinnen, man befand sich in einer luxuriösen Hotelanlage in der Karibik.

Toni zog sich aus und sprang in den Pool, schwamm ein paar Runden, legte sich wieder auf einen der gemütlichen Liegestühle und döste lange Zeit vor sich hin als plötzlich sein Handy klingelte.

„Hallo Toni, bist du gut angekommen?", fragte Elena mit besorgter Stimme.

„Hallo mein Schatz. Ja, ja ich bin gut angekommen. Alles klar soweit. Wie geht es John?", lenkte Toni sofort ab.

„John geht's gut, aber er vermisst dich jetzt schon", erwiderte sie. „Schön, hör mal, voraussichtlich bleibe ich bis Donnerstag, es scheint größere Verhandlungen zu geben mit dem neuen Kunden", sagte Toni, als im selben Moment Benita sich zu ihm auf seine Liege setzte und versuchte zu lauschen.

Toni schüttelte den Kopf und legte seinen Finger über seinen Mund, und deutete ihr an still zu sein.

„Ok, pass auf dich auf Toni, ich melde mich wieder. Ich liebe dich", fuhr Elena fort.

„Ich liebe dich auch", erwiderte Toni, sah aber Benita dabei tief in die Augen und legte auf.

Toni und Benita verbrachten wunderschöne, erholsame und romantische Tage in Barcelona - Benitas Schwangerschaft wurde aber von beiden mit keiner Silbe mehr erwähnt.

Benita wusste, dass sie Toni noch etwas Zeit geben musste, sich an den Gedanken zu gewöhnen, nochmals Vater zu werden. Erst beim Abschied am Flughafen flüsterte Toni Benita ins Ohr:

„Mach´s gut Benita und pass auf unsere Tochter auf!", und nahm Benita in den Arm, drückte sie zärtlich und sah, wie eine Träne aus Benitas sonst so funkelten Sternen rannte.

„Ich liebe dich", raunte Toni ihr ins Ohr und verschwand durch den Sicherheitsbereich.

Das neue Auto

„Schön, dass du wieder da bist Toni!", empfing Elena Toni als er gerade die Haustüre seines Hauses am Nachmittag aufschloss. „Hallo ihr Lieben, geht's euch gut?", erwiderte Toni und gab Elena einen Kuss auf die Stirn.

„Aber Toni, nicht da, da", sie zeigte mit ihrem Finger auf ihren Mund. Toni küsste sie wie gefordert auf den Mund und schon hüpfte John um die Ecke.

„Papa, Papa wir haben morgen Kindergartenfest, kommst du auch?"

„Na klar mein Großer, natürlich, da will ich auch hin!"

„Jippy!", John sprang in die Höhe und verschwand freudestrahlend im Wohnzimmer. Elena schaute Toni fragend an.

„Was ist?", fragte Toni.

„Hast du mir nichts zu sagen?", setzte sie nach.

Toni schossen wilde Gedanken in den Kopf und es wurde ihm mulmig.

„Nein, eigentlich nicht", antwortete er etwas verwirrt.

„Alles Gute zum Hochzeitstag, Toni", Elena zog ein kleines Geschenk aus ihrer Tasche und streckte es Toni freudig entgegen. „Ach du Sch ..., das hab ich total vergessen!", sagte Toni.

„Ach, das macht doch nichts Schatz. Los, zieh deinen Mantel aus, setz dich an den Tisch, ich hab für uns gekocht."

Elena hatte ein fürstliches Mahl gekocht und den Tisch feierlich gedeckt.

Sie hatte an alles gedacht: Kerzen, Blumenschmuck und toll geformte Servietten zierten die festliche Tafel.

„Los, setzt dich endlich!", forderte Elena ihn auf und brachte zwei Gläser prickelten Champagner, serviert auf einem silbernen Tablett.

„Heute wollen wir feiern!"

„Aber ... das Geschäft", antwortete Toni.

„Kein Problem", erwiderte sie, „Ich hab angerufen und dich bei Herr Kranz für heute entschuldigt. Er zeigte Verständnis und wünscht uns einen schönen Hochzeitstag!"

Toni zuckte zusammen, als ob ein Sturzbach eiskalten Wassers über ihn ergossen würde.

„Was? Du hast im Geschäft bei Herrn Kranz angerufen?", fragte Toni entsetzt.

Elena war enttäuscht über Tonis heftige Reaktion und ihr schossen Tränen in die Augen.

„Warum rufst du im Geschäft bei Kranz an? Das geht ihn gar nichts an was wir privat feiern!", schrie

Toni durchs Wohnzimmer.

„Papa, was ist los?", fragte John, der plötzlich um die Ecke kam.

Plötzlich war Toni die Situation äußerst peinlich.

„Ach John mein Großer, nichts ist los. Papa hat nur laut übers Geschäft geschimpft. Alles ist gut. Entschuldigung, dass ich dich erschreckt habe", tröstete er den kleinen verstörten John.

„Elena", schimpfte Toni und packte sie fest am Oberarm, „ruf nie wieder bei Kranz an, hörst du – nie wieder!", seine Augen waren kalt, eiskalt.

Er ließ Elenas Arm los, der etwas durch die grobe Attacke gerötet war und drehte sich schnaubend um, warf die Serviette, die er bereits vom Teller genommen hatte, wütend auf den Boden, ging ans Fenster und schaute hinaus.

Elena brach in Tränen aus und verschwand in der Küche.

„Elena, Elena, es tut mir leid!", rief Toni ihr nach einigen Sekunden des Schmollens zu und ging ihr hinterher.

„Elena, mein Schatz, meine Liebe, es tut mir leid!", säuselte er und streichelte zärtlich über ihr volles Haar.

„Elena, ich bin ein Trottel. Ich hab den Hochzeitstag vergessen, habe kein Geschenk für dich, du machst mir hier einen Staatsempfang und ich Vollidiot mecker nur an dir rum!", versuchte Toni die Situation zu retten.

Elena weinte bitter enttäuscht. Ihre herunterstürzenden Tränen verschmierten ihr gekonnt aufgetragenes Make-up.

„Du bist total verschmiert Liebes", er schaute Elena treuherzig an. Elena schaute mit rotverheulten Augen auf und meinte:

„Toni, ich hab dich so vermisst die letzten Tage."

Toni war sichtlich betroffen.

Wie konnte er nur seine Frau so demütigen und auch noch mit einer anderen etwas anfangen, die jetzt auch noch von ihm schwanger war?

„Jetzt werd nur nicht sentimental Wing!", meldete sich die Stimme in Tonis Kopf. „Die kriegt sich wieder ein. Hör auf rumzusabbern. Dein Geschäftserfolg gibt dir Recht. Du kannst was. Du hast was drauf. Bald wirst du Vorstand. Und du kannst auch mit zwei Frauen umgehen, wenn's sein muss!", fügte die Stimme im Kopf hinzu.

„Papa, können wir jetzt essen? Ich hab einen Bärenhunger!", sagte John mit ängstlichem Blick, seinen Spielzeugflieger im Arm.

„Ja komm, lass uns essen, Mama hat ganz leckeres Essen gemacht und heute wollen wir Mama feiern!", antwortete Toni. Elena wischte sich die Tränen aus dem Gesicht.

„Darf ich dir etwas helfen mein Schatz?", fragte Toni mit versöhnlicher Stimme.

„Hol doch bitte noch den Wein, ich hab ihn schon geöffnet - er steht in der Küche", antwortete Elena.

Toni wusste, wie er seine Elena wieder auf seine Seite ziehen konnte und die drei verbrachten trotz der anfänglich verstimmten Situation einen wunderbaren Nachmittag zu Hause.

Am Folgetag ließ Toni seiner Elena einen riesigen Strauß roter Rosen durch einen Blumenservice zustellen und am Abend fuhr Toni mit einem schnittigen Flitzer hupend vor die Haustüre. „Elena", rief er laut durch die Siedlung, „Elena, dein Fahrservice ist hier."

Elena, die sich gerade in der Küche aufhielt, eilte zur Haustüre. „Was ist denn das?", fragte Elena völlig perplex.

„Das ist dein neues Einkaufsmobil!", jauchzte Toni und stieg mit einem eleganten Satz aus dem nagelneuen Audi Cabrio aus.

„Du bist total verrückt Toni, mit so einem Auto fahre ich doch nicht zum Einkaufen, mir genügt doch der alte Opel!", erwiderte sie.

Im selben Moment fuhr ein Abschleppwagen der ansässigen Autofirma vor und hielt vor ihrem Haus.

„Da steht er", rief Toni dem Fahrer zu und zeigte auf den alten Opel.

Ehe sich Elena auf irgendeine Weise äußern konnte, war der Opel auf den Lastwagen geladen, der Laster bog um die Ecke und war verschwunden.

„Toni, du bist total verrückt. Das Cabrio kostet doch einen Haufen Geld!", sagte Elena.

„Schatz, du bist mir viel mehr wert als das Geld. Gratuliere zu deinem neuen Auto und alles Gute zum Hochzeitstag nachträglich und bitte sei mir nicht mehr böse wegen gestern", sagte Toni mit schmeichelnder Stimme.

Der Besuch in Barcelona

Die Wochen und Monate vergingen und Toni engagierte sich immer stärker, nicht nur in seiner Firma und auf seinen ständigen Reisen nach Barcelona, sondern auch in der kommunalen Nachbarschaft.

Durch die stetigen Sonderzahlungen auf sein privates Konto durch Beautyfam in meist fünfstelliger Höhe und seinem weiter steigenden Gehalt bei Meditec war er inzwischen finanziell sehr gut gestellt. Er spendete für Johns Kindergarten einen dicken Scheck fürs Kindergartenfest und auch ein öffentlicher Spielplatz in der direkten Nachbarschaft wurde von ihm finanziell unterstützt.

Toni wurde immer bekannter durch seine großzügigen Spenden und durch seine herzliche Art gegenüber den anderen Bewohnern in seinem Ort.

Selbst dem Altenpflegedienst spendete er einen größeren Geldbetrag, um das Pflegepersonal etwas aufzustocken.

Toni war ein sehr beliebter und gern gesehener Gast bei allen Veranstaltungen seines Wohnortes geworden. Egal welche Veranstaltung er besuchte, er stand stets im Mittelpunkt. Viele bewunderten ihn, ein Manager mit toller Familie und sozialer Ader – so etwas kam gut bei den Leuten an.

So, wie er sich in Deutschland wohlfühlte, wuchs auch in seiner zweiten - heimlichen - Heimat Barcelona eine wunderbare zweite Welt heran.

Benita gebar eine gesunde Tochter und Toni lebte im Spagat zwischen diesen beiden Welten. Auch in Barcelona wurde er von Nachbarn und Benitas Freunden freundlich aufgenommen und wuchs ihnen durch seine offene, stets fröhliche Art ans Herz.

Selbst seine Spanischkenntnisse waren inzwischen so gut, dass er sich ohne größere Probleme mit den Menschen dort unterhalten konnte. Dieser Spagat zwischen Benita und Elena wurde für Toni zur Routine. Er hatte nun mal zwei Frauen, zwei Kinder und zwei zu Hause. Er fühlte sich in Friedrichshafen und in Barcelona zu Hause.

„Toni, ich will mit dir und John mal nach Spanien, nach Barcelona", sagte Elena.

„Du warst doch schon so oft dort, nun ich will auch mal die Stadt kennenlernen", fuhr sie fort.

Toni starrte sie an.

„Nach Barcelona, warum nach Barcelona? Die Stadt ist zwar schön aber Urlaub in Barcelona –

nein! Lass uns lieber auf die Kanaren fliegen, da hat John auch viel mehr davon", erwiderte er, „da gibt es viel schönere Strände."

„Nein Toni, ich will mal nach Barcelona. Wenigstens für ein paar Tage", entgegnete sie.

Toni war nicht wohl bei dem Gedanken, seine Frau in die Stadt seiner zweiten Frau zu führen. Allerdings beharrte Elena so darauf, dass Toni nichts anderes übrig blieb, als irgendwann einmal mit ihr nach Barcelona zu reisen.

„Schatz, wir haben ein Hotel direkt an der Rambla, also mitten im Herzen von Barcelona!", schallte Elenas Stimme ein paar Tage später durch den Telefonhörer.

Toni saß in seinem Bürosessel und konnte es kaum fassen. Sie hatte tatsächlich eine Reise nach Barcelona gebucht.

„Wie, du hast bereits in Barcelona gebucht?", hinterfragte Toni merklich erstaunt.

„Ja, übers Internet habe ich ein Schnäppchen ergattert. Abflug Freitagabend, Rückflug Sonntagmittag, alles über Zürich. Du musst nicht mal Urlaub nehmen."

Tausend Gedanken schossen Toni durch den Kopf.

„Ich kann doch nicht mit meiner Frau nach Barcelona gehen. Dort ist doch Benita. Wenn sich die beiden über den Weg laufen. Unvorstellbar. Ich mache krank! Ich habe Fieber oder Magen-Darm, oder ich bin auf Geschäftsreise. Irgendetwas muss ich mir einfallen lassen ..."

Es kam leider nichts dazwischen, er konnte auch nicht krank spielen – dazu kannte ihn Elena zu gut - und die drei machten sich auf den Weg nach Barcelona.

Das Dröhnen der Turbinen erschreckte Elena, als die Maschine abhob.

„Papa, Papa, das macht wirklich Spaß. Ich könnte jeden Tag fliegen", John strahlte übers ganze Gesicht wie ein Honigkuchenpferdchen und Elena ließ sich von der Freude ihres kleinen Sohnes anstecken.

„Mensch Toni, ich freue mich so sehr - mit dir in Barcelona – endlich!", seufzte sie und legte verträumt ihren Kopf auf Tonis Schulter.

„Ich freue mich auch Schatz, wir haben bestimmt eine tolle Zeit dort", antwortete Toni mit einem unwohlen Gefühl tief aus seiner Magengrube.

Als sie schließlich am Hotel ankamen, war es bereits 21 Uhr, etwas zu spät für den kleinen John, um auf Besichtigungstour zu gehen und sie entschlossen sich früh zu Bett zu gehen, um für nächsten Tag fit zu sein. Mit dem Reiseführer Barcelonas in der Hand schlief Elena bereits nach wenigen Minuten des Lesens total erschöpft ein.

„Papa, wach auf!", jauchzte John, „Die Sonne scheint und wir sind in Spanien, in Barcelona, los - lass uns endlich aufstehen!", kitzelte John seinen noch schläfrigen Papa am nächsten Morgen wach.

„Was, ist schon morgen? Ne, es ist doch noch mitten in der Nacht!", antwortet Toni und stülpte seine Bettdecke über Johns Kopf und kitzelte ihn.

Elena strahlte und genoss die harmonische Stimmung.

Nach einem ausgiebigen Frühstück marschierten die drei auf der Rambla in Richtung Columbus-Statue, um sich den Jachthafen der Stadt als erstes anzusehen.

Von hier aus ging es direkt ins Maritime Aquarium der Stadt, welches John am besten gefallen dürfte.

Nach unzähligen bunten Fischen und Meeresgetier verschiedenster Art waren die drei hungrig und entschieden sich zurück zur Rambla zu gehen, um dort in einem der vielen kleinen Restaurants Mittag zu essen.

Sehr schnell fanden sie ein schattiges Plätzchen mitten in der Pracht der Rambla und bestellten sich eine leckere Paella.

„Nach dem Essen, Freunde, geht's auf in den Sightseeing Bus. Da können wir in einem Bus mit offenem Dach die Stadt erkunden ohne zu schwitzen!", schallte Toni freudig los, als er plötzlich blass wurde und seinen Kopf zur Seite drehte.

Eine attraktive blonde Frau Anfang vierzig stolzierte, einen Kinderwagen vor sich her-schiebend, aufrecht an ihrem Tisch vorbei. Sie warf den Dreien einen kurzen, etwas arroganten Blick zu und ging stolz weiter.

Toni zitterte. Sein Puls schnellte auf über 180.

„Schau mal das kleine Mädchen im Kinderwagen, die ist ja süß!", sagte Elena zu Toni und drehte ihren Kopf zu Toni. Elena bemerkte, dass etwas nicht stimmte.

Tonis Augen waren starr. Eiskalt. Er zitterte.

„Toni was ist los?", fragte sie zögernd.

Toni konnte nicht antworten, er war nicht in seinem Körper. Er flog, nein er entflog der Erde in Richtung nirgendwo.

Hauptsache weit weg.

„Das gibt's doch nicht, was macht Benita den hier? Um diese Zeit ist sie doch nie in der Stadt!", rasten die Gedanken durch Tonis Kopf.

„Toni?", setzte Elena nach. „Was ist los?"

„Los - lass uns zahlen, wir müssen auf den Bus", stotterte Toni, bezahlte und zog Elena und John eilig in Richtung Busbahnhof zum World Trade Center.

Elena war gekränkt. Sie spürte tief in ihrem Herzen einen stechenden Schmerz. Ihr Herz blutete.

Irgendetwas in ihrem Inneren schrie ganz laut um Hilfe. Sie konnte es nicht orten, aber es tat schrecklich weh.

Toni hatte Elena in ihrem tiefsten Inneren verletzt, er hatte ihre Seele getroffen. Elena wurde still und sagte nur noch das Nötigste. Was sie am meisten störte war, dass Toni nicht einmal auf ihre

Veränderung reagierte.

War es ihm gleichgültig? Bemerkte er es etwa gar nicht einmal?

Nach einer Stunde Busfahrt bat Elena Toni, sie ins Hotel zu bringen.

„Mir ist irgendwie schlecht, vielleicht das Essen oder die Sonne. Lass uns bitte ins Hotel zurückgehen", bat Elena Toni.

John war enttäuscht, jetzt schon nach Hause ins Hotel zu müssen, aber mit einem FC Barcelona Trikot konnte Toni sich Johns gute Laune zurückkaufen.

Am Abend hatte Elena stechende Schmerzen in der Brustgegend und verbrachte die Nacht auf der Toilette. Toni kümmerte sich rührend um sie, er wollte doch alles irgendwie wieder gut machen.

Am Tag darauf reisten sie ab, Elena ging es immer noch nicht besser.

Zu Hause angekommen legte Toni seine Elena sofort ins Bett und meinte: „Wenn's morgen nicht besser ist, rufen wir den Arzt."

Elena nickte.

Ihre Ränder unter den Augen zeugten von ihrem Unwohlsein. Sie drehte sich zur Seite und schlief ein. Bereits in derselben Nacht wurden Elenas Schmerzen in der Brust stärker und Toni brachte sie ins örtliche Krankenhaus zur Notaufnahme.

„Toni, mir ist so übel, ich bekomme gar keine Luft mehr und das Stechen, es tut so weh!", sie schaute

Toni mit schmerzverzerrtem Gesicht an.

„Leg dich hin, hier - auf die Bahre", sagte Toni mit besorgter Stimme.

„Toni, liebst du mich?", wollte Elena wissen. „Liebst du mich Toni?", und zog ihn am Oberarm zu sich her.

Anstatt zu antworten starrte er auf seine gezeichnete Frau und schwieg.

Im selben Augenblick kam der diensthabende Arzt und unterbrach die Situation. Doch Augen können sprechen und Elena sah tief in Tonis Augen eine Art Trauer. Trauer um wen? Trauer um sie? Trauer um sich selbst?

„Guten Abend, mein Name ist Dr. Kleist, ich bin der diensthabende Arzt. Was kann ich für sie tun?"

Nach längerer intensiver Untersuchung bekam Elena die vorläufige Diagnose:

„Frau Wing, ich sag's mal auf nicht Mediziner Deutsch: Sie haben einen leichten Herzinfarkt erlitten. Es scheint so, dass sie einen Gefäßverschluss im Myokard, ihrem Herzmuskel, erlitten haben.

Ich empfehle ihnen, sich schnellstens mit einem Herzspezialisten in Verbindung zu setzten, mit so etwas sollte man nicht spaßen. Sie können, wenn sie wollen, eine Nacht zur Beobachtung hier bleiben. Wenn sie sich schonen können sie aber auch nach Hause gehen, ihr Mann sollte sich aber um sie kümmern."

„Toni", Elena zog Toni zu sich her, „Toni, bleib

bei mir, ich habe solche Angst!"

„Ja, ich nehme sie mit nach Hause", entgegnete Toni dem Arzt, „ich pass auf sie auf."

Am nächsten Tag kontaktierten sie sofort das Kardiologische Institut ihrer Stadt und Elena bekam durch Einwirken von Dr. Kleist sofort einen Termin bei einem der Herzspezialisten. Elena war krank. Sie war herzkrank.

„Frau Wing, hatten sie in der letzten Zeit Stress oder Sorgen?", fragte der Kardiologe nach eingehender Untersuchung.

Elena warf Toni einen Blick zu.

Toni fühlte sich aber irgendwie gar nicht angesprochen. Er tat so, als ob er gar nichts gehört oder bemerkt hätte.

„Ähh, nein … oder doch …", stotterte Elena.

Der erfahrene Arzt verstand sofort, die Situation richtig zu deuten und ging elegant über die eindeutige Antwort hinweg und fuhr fort: „Frau Wing, wir versuchen über spezielle Medikation den Gefäßverschluss wieder zu kanalisieren. Sollte die Therapie keinen Erfolg bringen, steht eine OP am offenen Herzen an, sie wissen, was das bedeutet?"

Elena brach in Tränen aus.

„Schatz, nein, nicht weinen. Ich bin doch da. Es wird alles gut", tröstete Toni seine Elena.

„Herr Wing, schonen sie ihre Frau, sie sollte sich nicht überanstrengen. Wir sehen uns übermorgen wieder", verabschiedete sich der Herzspezialist und drückte Toni kräftig – einen nachdenklichen Blick auf ihn richtend - zum Abschied die Hand.

15 Jahre später

Elena hatte Glück. Die Medikation schlug an und sie musste nicht am offenen Herzen operiert werden. Dennoch war sie eingeschränkt. Ihr Herz blieb krank. Sportliche Aktivitäten, Stress und Kummer sollte sie aus ihrem Leben verbannen, um sich nicht in Lebensgefahr zu bringen. Ihr Herz war geschwächt. Sie war gezwungen, die spezielle Medikation auf Dauer einzunehmen.

Toni war beruflich weiter sehr stark eingebunden und hatte wenig Zeit für seine Familie, gab aber sein Geld, besonders in den gemeinsamen Urlauben, mit vollen Händen aus.

Eigentlich lebten sie in Saus und Braus.

Trotzdem störte Elena etwas in ihrem Leben, ihr Toni hatte sich verändert und war einfach nicht mehr so wie früher.

John war inzwischen zwanzig Jahre alt und zu einem richtigen Burschen herangewachsen.

Groß, athletisch, gutaussehend, ein selbstbewusster Junge, der wusste, was er wollte. Mit seinen dichten dunklen Haaren verdrehte er so manchen hübschen Mädchen den Kopf.

Besonders zu seiner Mutter hatte John ein inniges

Verhältnis, er wusste, er konnte mit allen Problemen zu ihr kommen, ihr all seine großen und kleinen Sorgen anvertrauen.

Auch hatte er für sie einen besonderen Beschützerinstinkt entwickelt, seit ihrem Beinahe-Infarkt bewachte er sie speziell dann, wenn sein Vater wieder mal auf Reise in Barcelona war.

Toni arrangierte sich mit Kranz. Toni ließ Kranz seine geschäftlichen Angelegenheiten mit Beautyfam ausführen, dafür deckte Kranz Toni, um in monatlichem Turnus auf Dienstreise nach Barcelona zu fliegen um dort die angeblichen Geschäftsaktivitäten zu überwachen und zu koordinieren. Immerhin war Beautyfam durch die hohen Abnahmemengen von Chemiegrund-substanzen zum Prio 1 Kunden von Meditec geworden.

Toni hatte sich in Barcelona zeitgleich mit seiner zweiten Familie eine eigene Welt geschaffen.

Er war bei Benita eingezogen, hatte seinen eigenen Kleiderschrank und persönliche Dinge abgelegt. Sogar ein Fahrrad und Tennissachen waren dort vorhanden.

Tonis Tochter Maria war inzwischen fünfzehn Jahre alt und eine sehr attraktive, junge Frau geworden. Eigentlich sah sie aus wie achtzehn. Sie war ihrer Mutter Benita wie aus dem Gesicht geschnitten.

Sie hatte lange blonde Haare, dieselben funkelten

Augen, die Toni schon immer faszinierten, die sinnlichen Lippen und sie war groß und schlank. Eigentlich ein richtiges Fotomodell.

„Papa, ich bin heute zu einer Party bei meiner Freundin Carmen eingeladen, kann ich bis Mitternacht bleiben?", fragte der kesse Teenager.

Benita schaute zu Toni.

„Ok, wenn du mir versprichst artig zu sein und keinen Alkohol zu trinken. Mama holt dich dann um Mitternacht ab", antwortete Toni.

„Ok, mach ich, danke!", erwiderte Maria.

„Und Maria ...", fügte Toni hinzu, „pass auf die Jungs auf ...".

Maria lachte, Benita lachte und auch Toni konnte sich ein Schmunzeln nicht verdrücken. Er war schließlich auch einmal jung gewesen und wusste, was auf diesen Partys los war.

Toni war ein Mann mit zwei Leben, zwei Familien, die nichts miteinander zu tun hatten, fast nichts.

Johns Vorliebe für experimentelles Lernen und Chemie war seinen Lehrern bekannt, was zu einem überdurchschnittlich guten Abiturzeugnis in diesen Schulfächern führte.

„Dad, was machst du eigentlich genau bei Meditec?", wollte John von seinem Vater wissen.

„Ich bin zuständig für das Controlling. Alle Gelder, die ausgegeben werden, werden von meinem Bereich erfasst und in einer Art Übersicht gebündelt. Somit habe ich eine Übersicht der Kosten und Einnahmen aus allen Bereichen und kann eine Art Geschäftsprognose ausarbeiten, die ich dann regelmäßig dem Vorstand vorlegen muss", erwiderte Toni ausführlich.

„Aber eure Firma stellt doch Chemikalien her, die dann zu Arzneimitteln verarbeitet und weltweit verkauft werden. Hast du damit nichts zu tun?", fragte John.

„Nein mein Sohn, mit der Technik oder der Herstellung von irgendetwas habe ich nichts mehr zu tun. Das liegt schon lange zurück. Ich kümmere mich lediglich um die Kosten, das ist schon schwierig genug", antwortete Toni mit einem Lächeln im Gesicht.

„Papa, ich möchte bei Meditec mal ein Praktikum machen, um zu sehen ob ich mit meiner Vorliebe an Chemie bei euch eine tolle Arbeit finden kann", sagte John.

„Hey Junge, das ist eine gute Idee!", Toni senkte die Tageszeitung, in der er gerade las, etwas nach unten und schaute über seine Lesebrille hinweg zu John und fuhr fort.

„Ein Praktikum ist immer gut. Da siehst du gleich mal, ob diese Branche dein richtiger Weg ins Berufsleben ist, bevor du mit einem Studium beginnst. Ich werde morgen mal mit unserer Personalabteilung sprechen. Eine Praktikantenstelle zu bekommen dürfte kein Problem sein."

Bereits eine Woche später konnte John seine Praktikantenstelle antreten. In der Firma spürte er etwas den Neid der Angestellten, die auch gerne eines ihrer Kinder in ihrer Firma untergebracht hätten, aber nicht in der Position eines Toni Wing waren.

Immerhin war Toni kurz vor dem Sprung in den Vorstand. John war bald bekannt und beliebt in der Firma, dennoch gab es eben immer Neider, die einem das Einarbeiten etwas schwerer machen, als es eigentlich sein müsste.

John verweilte in den verschiedensten Abteilungen von Forschung zur Entwicklung, vom Versuch hin zur Produktion, Buchhaltung und schließlich dem Controlling. John war überzeugt, bereits nach wenigen Wochen, seinen Traumberuf gefunden zu haben.

Er wollte Chemiker in der Firma seines Vaters werden.

„Dad, ich hab mich entschieden. Ich will Bio-Chemie und Informatik studieren", erzählte John freudig seinem Vater. „Und zwar in Barcelona, zwei meiner Schulfreunde wollen auch dorthin."

Toni schaute verdutzt seinen Sohn an.

„Nein, Barcelona kommt nicht in Frage. Schreib dich lieber in Konstanz oder Stuttgart ein, da bist du in unserer Nähe, und die sprechen deutsch", erwiderte Toni mit entschlossener Stimme.

„Dad, hör doch, meine Freunde gehen doch nach Barcelona, wir wollen eine Wohngemeinschaft gründen und spanisch können wir schon ein bisschen durch die Schule", entgegnete John.

„John, ich sagte nein, ich will das nicht. Bleib du bitte hier in der Nähe deiner Mutter, ich bin doch ständig auf Reise. Sie freut sich, wenn du in ihrer Nähe bist!", erklärte Toni.

„Toni, mir macht das nichts aus wenn John nach Barcelona geht. Du kennst dich dort doch bestimmt gut aus und kannst ihn vielleicht auch ab und zu besuchen", unterbrach Elena das Männergespräch.

„Siehst du Dad, Mama hat auch nichts dagegen!", sprühte John sofort hervor.

„Habt ihr nicht gehört? Ich will, dass du bei deiner Mutter bleibst, sie ist herzkrank, das solltest du bitte berücksichtigen, und jetzt ist Schluss mit der Diskussion!", fauchte Toni, ging an den Kühlschrank, holte sich eine eiskalte Limonade heraus und trank einen großen Schluck, bevor er sich schmollend in sein Arbeitszimmer im Obergeschoss zurückzog.

„Mama, was hat er denn gegen Barcelona? Er ist doch auch ständig dort und meine Freunde wollen sich dort an der Uni einschreiben. Dann könnten wir studieren, Spanisch lernen und wären auch noch am Meer. Außerdem kennt sich Papa dort doch inzwischen super aus und kann uns bestimmt bei der Wohnungssuche helfen", fuhr John fort.

„Ich spreche mit deinem Vater. Ich kann mir schon vorstellen, warum er dich dort nicht haben will", Elena schaute mit melancholischem Blick scheinbar durch John hindurch und fuhr fort. „Ich würde mich für dich freuen, wenn du dort einen Studienplatz mit deinen Freunden bekommst."

Elena nahm ihren etwas geknickten Sohn in den Arm.

„Ich werde mit deinem Vater sprechen", wiederholte sie und strahlte ihren geliebten Sohn an und ihre Gedanken schwirrten umher. Sie ahnte, in Barcelona gab es etwas, was sie lieber nicht wissen wollte oder sollte.

„Man muss nur abwarten, dann klären sich die Dinge von selbst". War Elenas etwas naive Einstellung, womit sie auch dieses Mal rechtbehalten sollte, denn Elena fand in den darauffolgenden Tagen einen passenden Augenblick, in dem sie Toni überreden konnte, John nach Barcelona an die Uni zu lassen.

„Benita, hör mal, mein Sohn John kommt nach Barcelona und will dort an der Uni studieren", informierte Toni Benita durchs Telefon, „Wir müssen etwas vorsichtiger sein."

„Kein Problem, wir sind doch selten in der Stadt, wo sollten wir uns schon über den Weg laufen? Barcelona ist doch so groß", antwortete Benita gelassen.

„Auf der anderen Seite wäre es aber sehr schön, wenn ich mal deinen Sohn persönlich treffen könnte. Immerhin ist er ein Teil von dir", fuhr sie fort.

„Nein, jetzt haben wir so lange geschwiegen, jetzt soll es auch unser Geheimnis bleiben", erwiderte Toni.

Benita gab keinen Kommentar zu Tonis Meinung ab.

„Ich werde mal in der Nähe der Uni nach einer netten Wohnung für meinen Sohn Ausschau halten. Vielleicht kannst du mir einen Tipp geben, wo es sich in Barcelona gut wohnen lässt", fuhr Toni fort.

„Naja, lass und nochmal zuhause darüber reden. Wann kommst du wieder nach Barcelona?", fragte Benita mit etwas eifersüchtiger und sehnsüchtiger Stimme.

„Übermorgen mein Schatz, übermorgen komme ich wieder. Dann können wir über alles reden", antwortete Toni.

Wie immer holte Benita Toni vom Flughafen ab und sie fuhren in ihr gemeinsames Zuhause.

„Toni, ich hab mit einem befreundeten Makler über eine Wohnung für deinen Sohn gesprochen. Wir haben etwas gefunden, wie wär's - sollen wir sie mal anschauen?", strahlte Benita Toni an.

„Ach, das ging aber schnell", antwortete Toni etwas verdutzt, „Aber gern, lass uns mal vorbeischauen. Hast du denn einen Schlüssel?"

„Kein Problem, das Maklerbüro ist dort um die Ecke und die Wohnung steht leer", antwortete Benita.

Sie hielten kurz beim Makler an und Benita kam bereits nach wenigen Minuten mit dem Schlüssel in der Hand wieder zurück zum Auto und sie fuhren weiter.

„Ist es hier?", fragte Toni Benita als sie fast bei der Uni waren.

„Ja – gleich hier um die Ecke, da, da drüben", ihr Finger zeigte auf ein relativ neues, weißes Mehrfamilienhaus in terrassenförmiger Form.

Es erweckte den Anschein, dass alle Wohnungen wie ein eigenes Haus auf eine großzügige Terrasse hinausführten. Von dort aus hatte man bestimmt Meersicht, denn die Anlage lag auf einem kleinen Hügel, kaum fünfhundert Meter von der Uni entfernt.

Über eine sehr große Tiefgarage betraten sie den eleganten, mit Aluminium verschalten, Aufzug, der, in gedämpftem Licht beleuchtet, im Obergeschoß anhielt. Benita schloss die Haustüre auf.

Die Sonne strahlte ihnen entgegen. Helle, weiße Marmorfliesen reflektierten das Sonnenlicht wie eine Art Spiegel und ließen die riesige Wohnung in hellem Glanz erstrahlen.

Alles war weiß, die Wände waren mit Natursteinflächen bezogen und die Decke war bestimmt drei Meter hoch. Nach Süden eine Fensterfläche, die den Blick auf das scheinbar unendliche Meer freigab.

Eine offene, in den Wohnbereich integrierte, geräumige Küche mit anthrazitfarbigen Steinarbeitsplatten rundete den Wohnbereich ab. Vom großen Flur aus führten vier Türen in die jeweiligen geräumigen Schlafzimmer, die mit eigenem Tageslichtbad inklusive Toilette ausgestattet waren.

„Und - wie findest du sie?", schaute Benita Toni erwartungsvoll an. „Super, ich bin echt überrascht wie hell und groß die Wohnung ist und direkt neben der Uni. Und die ist noch frei?", erwiderte Toni. „Was soll die Wohnung denn im Monat kosten?", wollte Toni wissen.

„Nichts", antwortete Benita.

„Wie – nichts?", fragte Toni erstaunt.

„Die Wohnung gehört mir. Ich hatte sie in Vermietung, aber der Mieter ist letzten Monat weggezogen", antwortete Benita. „Momentan ist sie frei".

Toni war sichtlich überrascht.

„Hey, ich hab mir ja eine richtig reiche Lady geangelt", antwortete Toni und ging mit verführungsvollem Blick auf Benita zu und küsste sie zärtlich. „Ja Frau Vermieterin ich nehme die Wohnung, was soll sie denn kosten?", fragte er sie mit neckischem Blick. „Herr Wing, sie können nur mit Naturalien bezahlen", antworte sie mit bereits etwas erregter Stimme.

„Ach, an was hätten sie denn da so gedacht Frau Garcia?", hauchte Toni ihr entgegen und küsste sie zärtlich am Hals und seine Hand glitt unauffällig von der Hüfte in Richtung Po.

Er packte mit festem Griff ihren knackigen Po, sie zuckte kurz zusammen und Toni drückte ihr seine, bereits erregte, Männlichkeit entgegen. Eng umschlungen zog Toni sie Mitten im Wohnzimmer auf den warmen, weißen sonnenbestrahlten Marmorboden. Seine geschickten Finger öffneten gleichzeitig ihre, wie immer enge Bluse, und Benitas Brust schwappte Toni entgegen.

„Benita, du bist echt der Hammer!", lächelte Toni, währenddessen er ihr den Rock samt String Tanga vorsichtig herunter schob und sie innig küsste.

Die Sonne auf ihren Körpern ließen sie in Ekstase abtauchen und ihr Stöhnen durchdrang die Wände zur Nachbarwohnung.

Die Wohnung

„Schatz, hör mal, ich hab mich mal in Barcelona rumgehorcht, ich hätte über einen Geschäftskontakt eine super Wohnung für John neben der Uni für tausend Euro im Monat – warm", erzählte Toni seiner Elena während dem abendlichen Telefonat.

„Ach, das freut mich. Ich werde John gleich davon erzählen. Er ist jetzt noch beim Sport", erwiderte sie.

„Ja gut, wenn die Jungs zu dritt oder viert dort einziehen wären es circa dreihundert Euro pro Nase. Bei der Lage ist das erste Sahne!", ergänzte Toni.

Im gleichen Augenblick kam Benita ins Wohnzimmer, die das Gespräch von der Terrasse aus mitgehorcht hatte und schaute Toni fragend an.

„Schatz ich muss jetzt auflegen, ich sehe dich morgen. Schlaf gut!", faselte Toni in den Hörer mit starrem Blick auf Benita gerichtet und legte auf.

„Warum tausend Euro, ich hab dir doch gesagt, die Wohnung gehört mir?", wollte Benita wissen.

„Lass doch, das Geld überweisen wir auf Marias Konto, da hat sie schon mal ein gutes Taschengeld. Wenn wir sagen, dass die Wohnung gratis ist, werden doch sonst alle misstrauisch!", erklärte Toni.

„Was bekomme ich?", wollte Maria wissen die gerade zur Haustüre hereinstürmte.

„Taschengeld", erwiderte Toni.

„Oh, Taschengeld hört sich gut an!", lachte Maria und begrüßte ihren Vater mit einem Kuss auf die Wange.

„Wow - du wirst deiner Mutter immer ähnlicher", warf Toni seiner Tochter entgegen. „Du bist richtig hübsch geworden!"

„Oh Danke, Dad", erwiderte Maria zwinkernd. „Taschengeld kann ich immer gut gebrauchen", rief Maria freudig ihrem Vater zu und verschwand in ihrem Zimmer im Obergeschoss.

Eigentlich kannte Maria keine Geldsorgen. Sie hatte von klein auf alles was ihr Herz begehrte.

Das Thema Taschengeld war eher eine Kleinigkeit, eine selbstverständliche und unwichtige Sache für sie.

Die Tage vergingen und John bekam eine Zusage der Uni Barcelona und bereitete sich zu Hause in Deutschland auf den Umzug nach Spanien vor.

„Dad, wie machen wir's mit den Möbeln. Ist in der Wohnung schon irgendwas drin?", wollte John wissen.

„Die Wohnung ist bis auf die Küche noch

unmöbliert. Ihr könnt euch vor Ort die notwendigen Möbel aussuchen und auf Rechnung des Vermieters kaufen, er übernimmt die Kosten. Die Wohnung wird dann möbliert vermietet", antwortete Toni.

„Echt? Das ist ja großzügig", antwortete John und machte sich keine weiteren Gedanken über diese gute Nachricht.

Elena kam diese spontane Antwort doch sehr seltsam vor.

„Haben wir es hier mit einem Samariter zu tun, der sein Geld an deutsche Studenten verteilt? Warum macht er so etwas?", so etwas war ihr noch niemals in ihrem Leben vorgekommen.

Elena spürte die aufgeregte Heiterkeit von Toni, als er über den Vermieter sprach und auch die Freude in seinem Gesicht, wenn das Wort Spanien fiel.

Tief in ihrem Inneren störte sie etwas, etwas was sie aber nicht beschreiben konnte. Es war dieses unwohle Gefühl im Bauch, das ihr sagte, dass irgendetwas nicht stimmte.

„Schatz, hilfst du mal John seine Klamotten einzupacken?", rief Toni durchs Haus.

Elena zuckte zusammen, sie war ganz in Gedanken versunken gewesen.

„Ja, ja, ich komme gleich", und eilte in Johns Zimmer.

„Dad, du kommst doch mit nach Barcelona, damit wir die Wohnung auch finden?", wollte John wissen.

„Na klar mein Freund. Hier sind unsere Tickets. Wir fliegen gemeinsam morgen Abend nach Barcelona und Mama kommt mit."

„Jetzt bist du platt!", strahlte Toni seine Elena an, „Ja - wir drei fliegen morgen nach Barcelona. Wir holen das Wochenende von vor einigen Jahren nach."

Elena war sichtlich gerührt, damit hatte sie nicht gerechnet.

Ja, Barcelona war schon immer ihr Wunsch gewesen, allerdings hatte Barcelona auch einen üblen Nachgeschmack, den sie weit hinter sich lassen und auch nicht mehr daran erinnert werden wollte.

„Nein, das ist mir zu viel Stress, ich komme lieber nicht mit. Ich komme, wenn du eingezogen bist und alles fertig ist, das ist mir viel lieber. Das ist besser für mein Herz", erwiderte Elena.

„Ach schade Mama, aber du kommst mich gleich besuchen, wenn alles fertig ist, versprochen?", wollte John gleich das Versprechen von seiner Mutter haben.

John bezog sein exklusives Apartment mit seinen Studienkollegen und hatte auch bald die Einrichtung bestellt und geliefert bekommen. Die nahegelegene Uni war sein Lebensmittelpunkt geworden und schon nach wenigen Wochen Schulzeit fand bereits die erste obligatorische Uni-

Party statt.

Die älteren Semester veranstalteten eine Willkommensparty für die Erstsemester. John und seine Mitbewohner Tommy und Michael waren vor allem begeistert über die attraktiven, hübschen, spanischen Studentinnen, zu denen sie natürlich auch engeren Kontakt suchten.

„Hey, Jungs, schaut mal da drüben die Blonde", forderte John seine Kommilitonen auf, ihre Blicke auf ein auffallend gutaussehendes, großes Mädchen zu richten.

„Wow, die ist ja wirklich gut! Die gehört mir!", antwortete Tommy.

Tommy war, im Gegensatz zu John und Michael, eher der Aufreißertyp, der wusste, wie man mit Frauen umging.

Schon in Deutschland hatte er reichlich Erfahrung mit Mädchen gesammelt.

John und Michael beobachten gespannt, ob Tommy mit seiner Art landen konnte. Tommy schlich sich gekonnt unauffällig, wie man sich eben hinschleicht als Anbaggerer, in die Nähe der Schönheit und hatte auch sehr schnell die ersten belanglosen Worte in seinen gebrochenem Spanisch mit ihr gewechselt. Sie schien Gefallen an ihm zu finden und das Gespräch vertiefte sich.

John und Michael ließen von ihm ab, fanden neue Freunde und hatten wirklich Spaß und tolle Gespräche. Man wurde in die Details der Uni

Organisation eingewiesen und bekam gute Tipps vor allem für das Nightlife.

Tommy allerdings war den ganzen Abend an der blonden Schönheit hängengeblieben. Die beiden waren sich einfach sympathisch und wollten mit den anderen Partyteilnehmern nichts zu tun haben.

So war Tommy eben. Kaum auf einer Party, hatte er ein Mädchen für sich eingefangen und beschlagnahmt. Er konnte einfach nicht alleine sein. Es war ihm gegönnt.

Die Vorlesungen begannen und die drei Jungs hatten Stress - zum einem mit dem neuen Lernstoff und zum anderen mit der spanischen Sprache.

So gut war ihr Schulspanisch doch noch nicht, um Chemie und Informatik Vorlesungen folgen zu können. Sie hatten Glück, Tommys neue Freundin sprach auch deutsch, half ihnen etwas mit dem Spanisch und kam als Nachhilfelehrerin öfters zu ihnen in die Dreier-WG.

Unterdessen war es Zuhause in Deutschland ruhig geworden im Hause Wing. John war doch ein Lebensmittelpunkt gewesen und hatte Elena und Toni immer unterhalten. Ob es sein spätes nach Hause kommen war, oder irgendwelche Freunde, die er mit nach Hause brachte, um sehr laut Musik zu hören.

Jetzt war es anders. Es trat Stille im Hause ein, eigentlich eine alles übertönende Stille. Toni war täglich lange im Büro und kam sehr spät nach

Hause oder war auf Reise in Spanien.

Elena war Zuhause und verbrachte ihre Zeit mit Arztbesuchen, da sie, aufgrund ihrer Herzschwäche doch eingeschränkter leben musste als ihr lieb war.

Petite Fleur

„Guten Morgen Herr Wing, kommen sie bitte um 10:00 Uhr ins Vorstandssekretariat. Herr Sera möchte sie sprechen", schallte die freundliche Stimme der Vorstandsassistentin durch Tonis Telefonhörer.

„Ja, gerne Frau Wienhold. Ich komme, bis später", antwortete Toni etwas überrascht. Toni dachte an die vergangenen Jahre und seine beachtlichen Erfolge besonders mit der Firma Beautyfam und konnte sich schon vorstellen, was Herr Sera von ihm wollte.

Es ging bestimmt um seine Karriere, es ging wahrscheinlich um den Aufstieg zum Vorstandsposten.

Nach einer kurzen Kaffeepause stand Toni vor dem Spiegel, warf einen flüchtigen Blick hinein, prüfte den Sitz seiner Krawatte und Frisur und machte sich gut gelaunt auf den Weg in die obere Etage – die ja vielleicht bald seine Etage war – erhoffte er sich insgeheim.

„Bitte nehmen sie noch kurz Platz, Herr Wing", empfing ihn die Vorstandsassistentin freundlich. „Herr Sera führt noch ein Gespräch."

Nach wenigen Minuten des Wartens klingelte das Telefon der Assistentin.

„Ja ok, ich schick ihn rein. Herr Wing, bitte, Herr Sera erwartet sie", meinte sie zu Toni, stand auf, führte ihn zur Tür des Büros und Toni trat ein.

„Guten Morgen Herr Sera", sagte Toni mit erwartungsvoller Stimme.

„Guten Morgen Herr Wing, kommen sie herein und setzten sie sich, hier, hierher", erwiderte Sera mit seinem italienischen Akzent, den er nicht ablegen konnte und deutete mit seiner schmächtigen Hand auf einen ledernen Sessel gegenüber seinem riesigen massiven Holzschreibtisch.

„Herr Wing, wie geht es ihnen?", wollte Herr Sera wissen.

„Gut, danke sehr gut, Herr Sera."

Eine gespenstisch beklemmende Stille tauchte den eigentlich hellen, freundlichen Raum in eine Art unsichtbaren Nebel. Sera beobachtete Toni wie ein Luchs seine Beute.

„Sehr schön", erwiderte Sera nach ein paar Sekunden, die für Toni eine gefühlte Ewigkeit dauerten.

„Und was machen die Geschäfte Herr Wing?", fasste Sera nach, schob seine kleine Hornbrille etwas weiter nach vorne auf die Nase und blinzelte mit etwas vorgebeugtem Oberkörper in Richtung Toni.

„Sehr gut, die Geschäfte laufen sehr gut. Die

Umsatzzahlen haben sich seit mehreren Jahren mit guten Wachstumsraten entwickelt und der Ertrag der Firma erhöht sich kontinuierlich", erklärte Toni mit stolzer Brust.

„Ja, das weiß ich auch, aber das meine ich nicht Herr Wing", antwortet Sera und schaut Toni fragend an.

Die Stille ließ Toni nervös werden und sein Bein fing etwas an zu zittern.

„Herr Wing, mir sind da - wie soll ich sagen - verstärkte Geschäftsaktivitäten in Spanien vor allem in Barcelona mit der Firma Beautyfam aufgefallen. Hierzu sind mir Information zu Ohren gekommen, die von ungeprüfter, nicht freigegebener Medikation sowie einer Art Designer-Drogen-Schmiede sprechen, welche wir hier aus Deutschland über Meditec angeblich unterstützen."

Toni war leichenblass, starrte Herrn Sera an und war sprachlos.

Eigentlich erwartete er ein Lob, beziehungsweise eine Lobeshymne auf seine Arbeit und ganz heimlich natürlich auch auf die längst ausstehende Beförderung zum Vorstand, aber mit so etwas hatte er niemals gerechnet.

„Herr Sera, ich verstehe nicht ganz. Was verstehen sie unter verstärkten Geschäftsaktivitäten mit Spanien? Klar ist doch, dass unser inzwischen bester Kunde Beautyfam, der seit Jahren große

Mengen unser Grundchemikalien kauft und Schönheitsmedikation für den spanischen Markt herstellt, verstärkte Geschäftsaktivitäten verursacht. Ungeprüfte Medikation oder Designer Drogen haben doch mit der Sache gar nichts zu tun!", antwortete Toni sichtlich erregt und völlig ahnungslos.

„Herr Wing, stellen sie meine Aussagen nicht in Frage", erwiderte Herr Sera mit etwas lauterer Stimme und fuhr fort.

„Herr Wing, klären sie die Sache schnellstmöglich - im eigenen Interesse."

Sera schob sich, elegant wie immer, vom ledernen Vorstandssessel und ging auf Toni zu. Eigentlich war dieser Mann klein und schmächtig, aber Toni erschien er in diesem Moment riesig wie noch nie. Er hatte enormen Respekt vor ihm.

„Es geht hier um Informationen, die ich von äußerst zuverlässiger Seite - ich sage es nochmal - äußerst zuverlässiger Seite bekommen habe und die unserem Firmenimage stark schädigen können …verstehen sie mich Herr Wing?"

Zum ersten Mal bemerkte er an seinem Vorstandsvorsitzenden eine Art Nervosität.

In den letzten Jahren, in all den erweiterten Vorstandssitzungen, an denen Toni teilnehmen durfte, wurde Sera nie nervös oder verlor die Kontrolle.

Sera war der Manager schlechthin. Erfahren,

elegant, seriös, die Ruhe in Person und sehr bestimmend und dominant. Doch heute war er anders.

Es war Handlungsbedarf angesagt und zwar in höchster Form. Toni verstand die Aufforderung und verabschiedete sich.

„Herr Sera, ich werde mich unverzüglich um die Sache mit höchster Priorität kümmern. Geben sie mir vierundzwanzig Stunden Zeit, ich gehe der Sache auf den Grund", erwiderte Toni und ging Richtung Türe als Sera ihm zurief: „Herr Wing, ich verlasse mich auf sie."

Toni mochte die väterliche und faire Art von Herrn Sera schon immer sehr. Er musste sich hier und jetzt beweisen und die Sache zur vollsten Zufriedenheit aufklären, dann wurde er bestimmt Vorstand, dachte er sich.

Als sich plötzlich die alte - beinahe schon vergessene - Stimme meldete.

„Toni, gib Gas, der Boss will Leistung von dir. Jetzt zeig ihm wo der Hammer hängt - dann bist du sein Mann".

Toni war erregt und eilte zurück in sein Büro.

„Kranz, was weiß Kranz über die Sache?", schossen die Gedanken durch Tonis Kopf. Toni tippte aufgeregt die Nummer von Kranz in sein Telefon und seine Assistentin meldete sich.

„Tut mir leid Herr Wing, Herr Kranz ist heute Nachmittag außer Haus. Er ist mit Kunden in

Konstanz, kann ich ihm etwas ausrichten?", zwitscherte sein Barbiepüppchen durchs Telefon.

Kranz stand auf junge, kleine, mädchenhafte Frauen ohne weibliche Rundung. Allerdings war diese schon über vierzig.

„Äh nein, danke, ich melde mich morgen nochmal", erwiderte Toni und legte auf.

„Da steckt Kranz dahinter. Will er mich reinlegen oder was läuft hier für ein Spiel?", fragte sich Toni und lehnte sich in seinem Bürosessel zurück.

„Benita! Benita weiß vielleicht etwas", dachte Toni laut und wählte ihre geheime Mobilnummer, die nur für Toni bestimmt war.

„Toni mein Schatz, schön dich zu hören", erklang ihre wie immer erotische Stimme mit spanischen Dialekt durch den Hörer.

„Benita, ich hab ein Problem und brauche deine Hilfe", antwortete er und erzählte ihr, was vorgefallen war.

„Das kann ich gar nicht glauben, woher hat Sera diese Informationen?", wollte Benita wissen, als es an Tonis Türe klopfte und seine Sekretärin ihren Kopf hereinstreckte.

„Ja ist gut, ich rufe sie später nochmal an", beendete Toni das Telefonat abrupt noch bevor er von Benita weitere Informationen erfragen konnte.

„Herr Wing, sie haben jetzt ihren monatlichen Termin mit der Abteilung. Kommen sie bitte ins Konferenzzimmer, es geht um den Quartalsabschluss", entschuldigte sich seine Sekretärin.

„Das geht heute nicht!", schmetterte Toni ihr entgegen.

„Huber soll die Besprechungsführung übernehmen, ich habe einen außerordentlich wichtigen Termin außer Haus. Morgen früh möchte ich seinen Besprechungsbericht auf dem Tisch haben." Toni warf sich seinen Blazer über und verschwand schnellen Schrittes Richtung Firmenparkplatz.

Es war inzwischen schon dunkel geworden. Toni konnte einfach seine Gedanken nicht sortieren.

„Kranz steckt dahinter, ich bin mir sicher! Kranz, der Drecksack Kranz weiß darüber Bescheid."

„Schatz, hier ist Toni, ich muss heute noch zu einem Abendessen mit einem Kunden nach Konstanz, es wird etwas später, ich hoffe es ist ok", log er seiner Elena ins Telefon.

„Schade, ich hab schon das Essen vorbereitet aber ich bin es ja langsam gewöhnt", antwortete sie etwas vorwurfsvoll.

„Schatz, bitte sei mir nicht böse, ich komme auch nicht zu spät. Ich liebe dich", säuselte er durchs Telefon und legte auf.

Toni war heiß, heiß herauszufinden was hinter dem Vorwurf steckte und fuhr nach Konstanz.

Es gab dieses eine Lokal, welches Kranz bevorzug aufsuchte, das Grand Palace, das kannte Toni zu gut aus einer bitteren Erfahrung in der Vergangenheit.

„Wo steckt der nur?", schimpfte Toni vor sich

hin, als er seinen Wagen in der Nähe des Hotels abstellte.

Der Türsteher vom Grand Palace begrüßte Toni mit „Guten Abend der Herr" und öffnete ihm sofort die Türe, als dieser sich dem Hoteleingang näherte, so, als ob er ihn schon ewig kenne. Wahrscheinlich lag es an Tonis Outfit.

Inzwischen sah er wie ein richtiger Manger aus. Dunkler Anzug, beginnend grau melierte Haare, groß und elegant. Wie auch immer, Kranz war sein Ziel, wo steckte der nur?

„Kann ich ihnen helfen?", fing ihn ein hauseigener Page ab.

„Ja, ich suche einen Kollegen Kranz von Meditec, ist der hier?" „Ach Herr Kranz. Nein, der ist heute noch nicht da gewesen", erwiderte der Angestellte.

„Soll ich was ausrichten, wenn ich ihn sehe?", fragte er nach.

„Nein danke, aber können sie mir bitte sagen, wo er sich für gewöhnlich noch aufhält, wenn er in Konstanz ist", wollte Toni wissen und schob dem Pagen unauffällig einen fünfzig Euro Schein zu.

„Nein, das kann ich nicht", antwortete er, nahm aber gerne den Geldschein entgegen und ging zur Rezeption. Toni folgte ihm.

„Für eine abendliche Unterhaltung nach ihren Wünschen würde ich ihnen diese Lokalität vorschlagen."

Der Page streckte Toni eine Visitenkarte mit der

Aufschrift „Petite Fleur KN" entgegen.

„Vielen Dank für ihre Hilfe", bedankte sich Toni und verließ das Hotel. Im Auto gab Toni die Adresse in sein Navi ein.

„Ach, das ist hier ganz in der Nähe", murmelte er vor sich hin. Die Stimme seines Navis führte ihn in ein Industriegebiet am Rande der Stadt. Ein Rotlichtbezirk.

Hauptsächlich Männer tummelten sich auf den Straßen. Kurz vor Erreichen des Fahrziels fand Toni eine Parklücke, in der er seine Limousine gekonnt einparkte. Toni wollte gerade aussteigen, als er aus dem Augenwinkel eine kleine Rangelei wahrnahm.

„Nein lass mich, nein!", schrie eine junge Frau, die von einem Mann am Arm festgehalten wurde.

Vom Profil aus erkannte Toni den Mann:

Es war Kranz.

„Da ist er, aber was macht er denn da?", murmelte Toni vor sich hin. Die junge Frau sah wie eine Prostituierte aus und war blutjung. Lederstiefel bis zum Schritt und völlig überschminkt.

„Nein, das ist ein Mädchen!", flüsterte Toni vor sich hin.

„Die ist keine fünfzehn Jahre alt. Das ist ein Mädchen, ein Kind!" Toni bekam Gänsehaut.

„Der Kranz vergreift sich an Kindern", flüsterte Toni vor sich hin. In seinem Kopf hämmerte es. Sein Blutdruck stieg auf 180 und er bekam eine gewaltige Wut. Auf Kranz, auf sich und auf die ganze Welt.

„Das gibt's doch nicht, das ist ein blutjunges Mädchen!", wiederholte Toni immer wieder.

„Toni hör doch auf, lass ihn", dröhnte die fiese Stimme in seinem Kopf, „der will doch nur ein bisschen Spaß. Der macht ihr doch nichts!"

Toni war wie benommen. Alles, wirklich alles hätte er Kranz zugetraut aber doch nicht mit Kindern.

Toni konnte keinen klaren Gedanken mehr fassen. Dennoch rutschte er tief in seinen Autositz, um nicht erkannt zu werden und zog sein iPhone heraus und machte Fotos von der Rangelei, die sich allerdings sehr schnell beruhigte.

„Ok, aber lass meinen Arm los, du tust mir weh!", rief die junge aufgeregte Prostituierte.

Toni konnte mit seinem Foto festhalten, wie Kranz dem Mädchen zwei Geldscheine zusteckte und diese dann mit Kranz mitging.

„Ist ok, ich nehm das Zeug aber tu mir nicht weh", zickte sie noch etwas und verschwand mit Kranz eng umschlungen in einem nahegelegenen Hausgang mit der Aufschrift „Petite Fleur".

Toni zitterte. Er fand es abscheulich. „Wie kann man nur mit Kindern Sex haben?", dachte er sich. In seinem Kopf wütete ein Wirbelsturm. Was sollte er nun machen, er wollte doch mit Kranz sprechen. Jetzt die Fotos, was sollte er damit tun? Völlig verwirrt startete er seinen Wagen und machte sich auf den Weg nach Hause.

„Na, wie war dein Geschäftsessen?", fragte ihn Elena mit schläfriger Stimme, als er ins Schlafzimmer schlich.

„Elena, du wirst nicht glauben, wen ich gesehen habe!", antwortete Toni, immer noch sichtlich aufgeregt.

„Wen hast du gesehen?", murmelte sie verschlafen.

„Kranz, Kranz habe ich gesehen."

„Aha, und was ist daran so besonders?", wollte sie wissen.

„Kranz war auf dem Kinderstrich!", antwortete er.

Elena setzte sich abrupt auf, rieb sich die müden Augen, es war immerhin schon halb eins. Sie ging für gewöhnlich recht früh ins Bett.

„Wo war Kranz?", wollte sie nochmals wissen.

„Auf dem Kinderstrich", erwiderte er in angeekeltem Ton.

Elena war entsetzt.

„Kranz auf dem Kinderstrich?", wiederholte sie, „Und woher weißt du davon?"

Toni zog sein iPhone heraus und zeigte Elena die Bilder.

„Wie kommst du dazu, Bilder von Kranz zu machen? Warum machst du so etwas?", wollte

Elena völlig entsetzt wissen. Jetzt hatte Toni ein richtiges Problem.

Er konnte doch seiner Elena nicht erzählen, warum er Kranz hinterher spionierte. Er merkte, er hatte sich selbst durch seine Recherche in eine Situation gebracht, wo guter Rat dringend notwendig war.

„Ich ...", Toni zögerte, „ich hab mich mit Kranz zum Essen verabredet", stotterte Toni.

„Mit Kranz zum Essen - auf dem Kinderstrich", Elena war völlig aus dem Häuschen.

„Toni, ich glaub du ...", sie unterbrach ihren Satz. Tränen schossen ihr in die Augen.

„Toni ...", flüsterte sie, „Toni, nein, sag es nicht". Elena brach in Tränen aus und sank auf ihr Bett.

Toni stand neben ihr und konnte nichts sagen. Er war so sehr aufgewühlt. Zum einen über Kranz, der sich an Kindern verging, und zum anderen über sich selbst.

Er konnte doch Elena nicht beichten, warum er Kranz hinterher spionierte. Wenn er Kranz ans Messer lieferte, würde sein zweites Leben in Spanien auffliegen. Toni fühlte sich so richtig elend. Was war mit ihm passiert?

Er war im Zwiespalt, er war Gefangener in seinen eigenen Welten.

Toni ging zur Schlafzimmertür, bevor er sie hinter sich zuzog, warf er einen Blick auf Elena. Toni fühlte sich schlecht dabei, seine ihm ewig treue Frau einfach wie einen übriggewordenen

Hund alleine zulassen, aber er konnte nicht anders.

Irgendetwas hinderte ihn daran, zu ihr zu gehen und sie in den Arm zu nehmen. Er zog vorsichtig die Türe hinter sich zu und ging ins Wohnzimmer, schnappte sich eine Flasche Vodka und betrank sich.

Die Drohung

Bereits um 6 Uhr morgens schreckte Toni wieder auf. Er lag auf dem Sofa und musste wohl eingeschlafen sein.

Sein Kopf dröhnte und ihm war schlecht. Trotz erheblichem Alkoholkonsums, hatte er nicht gut schlafen können.

Er dachte immer wieder an Kranz und Sera, er musste dringend Licht ins Dunkle gebracht werden.

„Die vierundzwanzig Stunden Frist von Herrn Sera war bald abgelaufen", dachte er sich. Toni sprang auf, huschte unter die Dusche, zog sich an, blickte vorsichtig ins Schlafzimmer - in dem Elena noch schlief - und fuhr ins Büro.

Erst gegen 9:30 Uhr kam endlich Kranz ins Büro. Toni wartete bereits seit einer Stunde, unter strenger Beobachtung seiner Barbie-Assistentin, auf dem Wartestuhl vor seinem Büro.

Diese wunderte sich schon, was es so Wichtiges geben konnte, dass Toni wie ein Hund vor dessen Türe wartete. Toni wollte Kranz sofort abfangen, damit er sich ihm nicht durch einen anderen Termin entziehen konnte.

„Herr Kranz, kann ich sie in einer äußerst

dringenden Sache sprechen?", begrüßte ihn Toni ungeduldig.

„Erst einmal Guten Morgen Wing, nicht so stürmisch. Was gibt es denn so Dringendes?", lächelte Kranz sichtlich locker und über Nacht scheinbar hormonell gut erholt.

„Komm doch erst mal rein und setzt dich!", forderte Kranz Toni auf und schloss die Türe seines Büros.

Tonis Gedanken konnten nicht anders. Er hatte immer noch das Bild vergangener Nacht vor sich und sah Kranz, wie er mit dem jungen Mädchen in der Türe des „Petite Fleur" verschwand und wurde dadurch etwas aggressiv.

„Herr Kranz, ich wurde gestern von Herrn Sera angesprochen", fing Toni an zu erzählen und Kranz fiel ihm direkt ins Wort.

„Ach, von unserem Vorstandsvorsitzenden! Ist ja interessant, der spricht mit dir."

Die Art und Weise, wie Kranz dies sagte, war abwertend; Abwertend gegen Herrn Sera und abwertend, arrogant gegenüber Toni. Toni versuchte, sich seine Enttäuschung darüber nicht anmerken zu lassen.

„Und was wollte der von dir?", hakte Kranz dennoch interessiert nach.

„Herr Sera spricht über Geschäftsaktivitäten der Firma Beautyfam, die mit ungeprüfter, nicht freigegebener Medikation auf dem Markt hantieren und eine Art Designer Drogen Schmiede sein sollen", fuhr Toni fort.

Kranz lächelte Toni wissend an und fragte: „Und …?"

Toni war verwirrt.

„Was heißt und …?", fragte er sichtlich erregt.

„Und heißt …", Kranz stand auf ging zum Fenster, öffnete es und zündete sich eine Zigarette an.

Im ganzen Haus war striktes Rauchverbot, doch Kranz schien das wenig zu kümmern.

„Was willst du jetzt tun Wing?", antwortet Kranz mit Blick aus dem Fenster.

Toni war sprachlos. Kranz wusste davon. Seine Reaktion ließ keinen anderen Schluss zu.

„Aber ich dachte …", stotterte Toni.

„Du dachtest Wing! Du dachtest!", schrie Kranz zornig los und ging mit mächtigen Schritten auf Toni zu.

„Du dachtest was Wing?", Kranz stand so dicht vor Toni, dass dieser den schlechten, nach Rauch riechenden Atem von Kranz inhalieren musste.

Seine hervorschwellenden Kinderschänderaugen waren kalt, eiskalt. Toni fühlte sich sehr unwohl. Ekel überkam ihn wegen diesem Monster.

„Wing, was dachtest du? Dachtest du, dass das Geld, das du regelmäßig auf deinem Konto vorfindest, aus der Kopiermaschine fällt?", flüsterte Kranz Toni mit aggressiver und verrauchter Stimme ins Ohr.

Toni hatte das Gefühl, als würde ein Messer, ein riesiges Messer seinen Leib durchdringen. Er fühlte nur noch Angst, lebensbedrohliche Angst. Es war aber nur der große Schlüsselbund von Kranz, der etwas aus seiner Jackettasche heraus ragte und Toni auf der Seite etwas drückte.

„Wing, pass nur auf! Du bist ein zu kleiner Fisch Wing, du kannst nicht mit den großen Fischen schwimmen", fuhr Kranz fort.

Die beiden Manager standen sich sprachlos - aber unter höchster Köperanspannung - gegenüber, wie zwei Steinböcke, die gleich aufeinander losgehen und sich die Hörner abschlagen wollen.

„Was ist dran, an der Sache mit der ungeprüften, nicht freigegebenen Medikation auf dem Markt, mit der Beautyfam hantiert?", wollte Toni von Kranz wissen.

„Hör mal Wing, hier läuft was, das kann man nicht einfach so stoppen. Das hat Jahre gedauert, bis es in Gang kam. Jetzt läuft es und es läuft gut", flüsterte Kranz.

„Niemand kann das einfach stoppen, weder Sera, weder du noch ich, niemand …".

„Ich verstehe immer noch nicht. Um was für nicht freigegebene Lieferungen handelt es sich, klären sie mich doch endlich auf!", rief Toni.

„Wing, wir liefern nichts Ungewöhnliches. Alles, was wir an Beautyfam liefern sind lediglich Chemiegrundsubstanzen, die ohne Genehmigung nicht für jeden zugänglich sind. Beautyfam ergänzt diese Substanzen zu gängiger Medizin und vertreibt sie im iberischen Markt", erklärte er spitzfindig.

„Wie, zu gängiger Medizin ergänzt?", fragte Toni ungläubig nach. „Mensch Wing! Beautyfam ergänzt diese Medikamentenmischung und verbessert sie gleichzeitig ein wenig!", schrie Kranz ungeduldig.

„Ihr fälscht Medikamente?", donnerte Toni.

„Ihr fälscht Medikamente und verkauft diese im ganzen iberischen Markt, ohne vorherige Zulassung und Prüfung der Nebenwirkungen?"

Toni war platt. Er hatte noch nie davon Wind bekommen, dass bei Beautyfam Medikamente nachgemacht werden. Für ihn ging es immer um Vital- und Schönheitsmittel.

„Und was hat das auf sich mit der Designer Drogen Schmiede?", wollte Toni wissen.

Im selben Moment klingelte das Telefon von Kranz. Auf dem Display konnte Toni erkennen, dass Herr Sera der Anrufer war.

„Guten Morgen Herr Sera. Wie geht es ihnen?", begrüßte Kranz mit übertrieben freundlicher Stimme seinen Chef.

„Ja ok, ich komme um 13:00 Uhr", – klick und das Gespräch war beendet.

„Jetzt geht's los Wing", fauchte Kranz, „wenn du jetzt einen Fehler machst sind wir beide dran, das verspreche ich dir!"

Toni zog ein Kuvert aus seiner Jackentasche und

warf es Kranz zu. „Was ist das?", wollte Kranz wissen.

Kranz öffnete es und fand die Fotos vom Konstanzer Kinderstrich.

„Wing du Drecksack! Du wirst untergehen, glaub mir! Du bist ein zu kleiner Fisch! Und jetzt raus mit dir. Raauuus!", donnerte der aufgebrachte Kranz mit rotem Kopf.

Toni wusste weder ein noch aus.

Er war so sehr durcheinander, dass er den direkten Weg zu Sera in den 6. Stock wählte. Seine Assistentin empfing Toni so, als ob sie schon informiert worden war, dass er käme.

„Hallo Herr Wing, Herr Sera wartet schon auf sie. Gehen sie bitte durch". Sie hielt ihm die massive Holztür zum Vorstandsbüro auf und lächelte ihm zu.

Toni war verwirrt. Er war völlig verwirrt.

Was machte er hier? Wollte er denn hier her oder wollte er lieber in die nächste Kneipe und sich betrinken? Was wollte er wirklich?

„Herr Wing, Guten Morgen, bitte setzen sie sich!", empfing ihn Herr Sera.

„Was haben sie mir zu berichten, Herr Wing?", fuhr Sera fort und schob seine kleine Brille, wie gewohnt etwas neugierig nach vorne.

Toni zitterte. Er brannte. Sein Körper brannte lichterloh. Seine Hände konnte er kaum stillhalten und Schweiß stand ihm auf der Stirn.

„Herr Sera, ich ...", stammelte Toni „ich hab etwas herausgefunden."

„Aha, und was haben sie herausgefunden Herr Wing?", erwiderte Herr Sera in freundlicher aber bestimmter Art.

„Da läuft etwas, wie es wahrscheinlich nicht laufen sollte", ergänzte Toni.

Herr Sera sah Toni mit hochgezogener Stirn verwundert und erstaunt an, dann gab er ihm ein Handzeichen, welches Toni deutete fortzufahren.

„Wir liefern Chemiegrundsubstanzen ohne Genehmigung nach Spanien", stotterte er.

Stille, absolute Stille war im Raum. Lediglich das leise Surren des Lüfterrades von Herrn Seras Notebook war zu hören.

„So, und wer wusste davon Herr Wing?", wollte Sera wissen und lehnt sich allwissend in seinen großen Ledersessel zurück und schweifte mit seinem Blick ab zum Fenster.

Es war so, als ob er die Antwort bereits kannte. Diese aber aus Tonis Mund bestätigt haben wollte und ihn deshalb nicht anschaute.

Tonis Hals pochte. Sein Blut pulsierte durch seine Halsschlagadern, wie hervorgerufen durch einen „Bass Drum" bei einem Rockkonzert.

Toni schwieg. Sollte er jetzt petzen und den Namen nennen, würde Kranz ihn vierteilen und an seine Fische füttern.

„Toni, du Schlappschwanz!", meldete sich seine

fiese Stimme aus dem Kopf. „Los sag ihm wer's war. Kranz - der Drecksack - war's. Du hast doch mit der ganzen Sache gar nichts am Hut!", tönte die Stimme.

„Kranz", platzte Toni plötzlich hervor. „Herr Kranz steckt dahinter."

Toni bekam Gänsehaut am ganzen Körper. Er zitterte und war leichenblass. Jetzt war es geschehen.

„Ich habe Kranz verraten", dachte er sich. Toni fasste in seine Jackentasche, er suchte sein Taschentuch, um sich den Schweiß von der Stirn abzutupfen.

Wieder war Stille, es war absolute Stille im Raum, man konnte nichts, außer das Surren des Notebooks hören.

Sera starrte Toni wortlos an. Nach einer gefühlten Ewigkeit holte Sera tief Luft und sagte:

„Herr Wing, es war sehr mutig von ihnen, was sie gerade getan haben. Sie werden verstehen, ich muss der Sache nachgehen."

Sera stand auf und schickte Toni aus dem Büro.

Der vereinbarte 13:00 Uhr Termin für Kranz bei Herrn Sera fand statt.

Es lag eine unheimliche Ruhe im ganzen Bürokomplex. Es war wie die Ruhe vor dem Sturm, der allerdings an diesem Tag aus irgendwelchen Gründen ausblieb.

Die Festnahme

Am Abend schloss Toni, völlig geschafft von der Anspannung des Tages, seine Haustüre auf. Elena, er hatte sie - wie leider immer öfter - völlig vergessen.

„Wir hatten doch Streit vergangene Nacht", schoss es ihm durch den Kopf.

„Schaaatz, bist du da?", rief er mit freundlicher Stimme durchs Haus, bekam aber keine Antwort.

„Schaaatz, bist du da?", rief er ein zweites Mal, doch es blieb ruhig, es war niemand im Haus.

Er ging zum Kühlschrank und holte sich sein Lieblingsgetränk, ein eiskaltes Bier, heraus, welches er beinahe in einem Schluck austrank.

Plötzlich rasselte es an der Türe. Elena schloss die Türe auf.

„Elena? Hallo Elena, können wir reden?", stürzte Toni ihr entgegen.

„Klar können wir reden, wir reden ja immer nur", murrte sie und zog ihre Jacke aus.

Sie kam von ihrem abendlichen Spaziergang durch die Siedlung zurück - natürlich ohne ihren Mann.

„Du siehst die Sache mit Konstanz völlig falsch,

Schatz", fügte Toni hinzu.

Sie schaute ihn an, wie eben verheiratete Frauen ihren Mann böse anschauen, setzte sich mit verschränkten Armen stumm aufs Sofa und schaltete den Fernseher an. Toni folgte ihr wie ein reumütiger Hund.

„Hat's dir wenigsten geschmeckt auf dem Konstanzer Kinderstrich?", attackierte Elena ihren Toni mit auf den Fernseher gerichtetem Blick.

„Hör doch, ich muss dir was erklären", fuhr Toni unbeirrt fort. „Kranz hat da etwas angefangen in Spanien, was ich jetzt gerade herausgefunden habe".

„Wie angefangen? Hat er was in Spanien mit einer anderen angefangen?", schmetterte Elena los.

Toni durchzuckte es kurz bei diesem Gedanken.

„Nein, hör doch. Kranz verkauft ohne Genehmigung Substanzen nach Spanien in großen Mengen, die nie hätten verkauft werden dürfen. Er fälscht damit Medikamente auf der iberischen Halbinsel."

Elena starrte Toni an.

„Und was hat das mit dem Kinderstrich zu tun?", wollte sie wissen.

„Das weiß ich noch nicht. Ich wollte gestern unbedingt Kranz sprechen und da hieß es, er sei mit Kunden in Konstanz. Ich bin ihm nachgefahren und wollte mit ihm über die Sache sprechen, da Herr Sera mich aufgefordert hat innerhalb von vierundzwanzig Stunden Klarheit in die Sache zu bringen."

Elena starrte auf den Fernseher und drehte den Ton lauter.

„Das hat bestimmt mit der Sache zu tun, über die schon den ganzen Tag in der Presse berichtet wird!", sagte sie erschrocken.

Tatsächlich berichtete eine Nachrichtensprecherin soeben über die Verbreitung von illegaler, ungeprüfter Medizin in Spanien sowie im gesamten südeuropäischen Raum.

Die polizeilichen Ermittlungen liefen bereits seit mehreren Jahren verdeckt, aber nun gäbe es eine heiße Spur.

Inzwischen seien bereits zwölf Menschen an den gefälschten Medikamenten gestorben und über fünfundzwanzig kämpften nach deren Einnahme noch mit den erheblichen Nebenwirkungen.

„Toni, hast du das gehört? Da sind Menschen ums Leben gekommen. Hast du damit was zu tun?", wollte Elena mit betroffener Stimme wissen.

„Nein, ich sage es dir doch. Ich hab bis gestern nichts davon gewusst. Kranz steckt dahinter, der Drecksack Kranz! Und jetzt vergeht er sich auch noch an Minderjährigen."

Elena glaubte Toni kein Wort.

„Das ist doch alles ein abgekartetes Spiel. Halt mich doch nicht für bescheuert! Ich nehme dir das nicht ab!", wettert sie los, ging hinauf ins

Schlafzimmer und schloss sich ein.

Toni hörte sie weinen, bitterlich laut wie ein eingesperrter Hund.

Wieder verbrachte Toni die Nacht auf dem Sofa und verfolgte höchst aufmerksam die Nachrichten, bis er schließlich völlig erschöpft einschlief.

Als er am nächsten Morgen gerädert und viel zu früh aufwachte, wollte er Elena nicht aufwecken und schlich sich wieder aus dem Haus, direkt in sein Büro.

Es war ruhig. Immer noch gespenstig ruhig im Bürogebäude, es war erst 7:00 Uhr früh.

Toni startete seinen Rechner und begann seine unbeantworteten E-Mails zu überfliegen. Dabei vergaß er die Zeit, als er plötzlich von lautem Gepolter und Gerede gestört wurde.

Er ging hinaus auf den Flur, von wo der Lärm zu kommen schien.

Polizei. Überall waren Polizeibeamte.

In einem Tumult am Ende des gläsernen Flures erkannte er Kranz in Handschellen, umringt von Polizisten.

„Lassen sie mich los!", donnerte Kranz und versuchte sich aus den Handschellen zu befreien.

„Lassen sie mich los, ich hab mit der Sache nichts zu tun!", wetterte Kranz weiter.

Es half nichts, die Polizisten führten ihn ab.

Eine halbe Stunde später wurde von Herrn Sera kurzfristig eine erweitere Vorstandssitzung einberufen;

„Meine Herren", Herr Sera schaute mit ernster Miene in die Runde. „Wie sie heute miterleben mussten, wurde unser Mitarbeiter Herr Kranz festgenommen. Ihm wird vorgeworfen, Exportgeschäfte nach Spanien mit ungeprüfter, nicht freigegebener Medizin betrieben zu haben."

Ein Raunen ging durch den Raum.

„Desweiteren wurden anscheinend Zusammenhänge gefunden, dass Herr Kranz Drahtzieher einer internationalen Designerdrogenschmiede sei, die in der Firma Beautyfam vermutet wird", beendete Sera seine traurige Eingangsrede.

Toni zuckte zusammen.

Designerdrogenschmiede und seine Benita. Nein niemals, das konnte doch alles nicht sein!"

Stille. Eine unheimliche Stille breitete sich über die Sitzung aus.

„War es keine Neuigkeit für die Anwesenden, oder waren sie alle sprachlos über die Vorwürfe gegen Kranz?", dachte Toni.

„Meine Herren, ich erwarte eine schnellst mögliche Aufklärung dieser Angelegenheit", fuhr Herr Sera fort.

„Herr Dr. Spät, Sie als Rechtsanwalt klären schnellsten die Sachlage, wie wir unsere Firmenreputation wahren können. Unser Firmenname darf nicht in die Presse gelangen.

Sie, Herr Lieh, stellen schnellstens unsere aktuellen Vermögenswerte zusammen. Nehmen sie sich Herrn Dr. Rau als Steuerexperten zur Hilfe. Wir wollen herausfinden, ob Gelder oder Steuern hinterzogen wurden.

Und sie, Herr Wing, fliegen sofort nach Barcelona zu Beautyfam und recherchieren über diese Sache", ordnete Herr Sera an und schloss dann mit äußerst betroffener Stimme die Sitzung mit den Worten:

„Ich hoffe, ich hoffe für uns und unsere traditionsreiche Firma, dass diese Vorkommnisse schnellstmöglich geklärt werden, um größeren Schaden abzuwenden."

Die Vorstandsrunde verließ wortlos den Sitzungssaal. Toni aber blieb an der Tür stehen und starrte auf Herrn Sera. Dieser schaute fragend zu Toni.

„Was gibt's noch Herr Wing?"

Toni ging auf Herrn Sera zu.

„Ich wusste nicht, dass es auch um Drogengeschäfte geht", erklärte Toni mit zittriger Stimme.

Sera schaute Toni verwundert an.

„Herr Sera, ich kann mir vorstellen, dass es vielleicht auch mit einer anderen Sache zu tun hat", fügte Toni hinzu und legte Sera ein Foto vom Konstanzer Kinderstrich auf den Tisch.

Kranz war darauf abgelichtet, in eindeutiger Position, vor einer jungen Prostituierten stehend mit Geld in der Hand.

„Was ist das?", wollte Sera wissen.

„Gestern, nach unserem Gespräch, wollte ich Herrn Kranz persönlich sprechen, um die Sache aufzuklären. Da er nicht ans Handy ging und es hieß, er sei mit Kunden in Konstanz, bin ich ihm nachgefahren und habe durch Zufall dieses Foto gemacht", erklärte Toni.

Sera war sprachlos.

Man sah ihm die bittere Enttäuschung an.

„Danke Herr Wing. Bitte gehen sie jetzt, ich muss nachdenken", verabschiedete er Toni.

„Benita, hier ist Toni".

„Buenos dias Toni, schön von dir zu hören!", antwortet Benita mit ihrer gewohnt erotischen Stimme.

„Benita, hast du schon gehört was hier los ist?", wollte Toni wissen.

„Ja, irgendetwas mit fehlenden Genehmigungen macht euch Kopfzerbrechen", antwortete sie.

„Ja, Kopfzerbrechen ist gut. Kranz wurde soeben verhaftet. Er wurde von der Polizei in seinem Büro festgenommen und abgeführt", fuhr Toni fort.

„Benita? Benita bist du noch dran?", wollte Toni wissen.

Erst nach ein paar Sekunden hatte sich Benita wieder unter Kontrolle.

„Was? Die haben Kranz verhaftet?", setzte sie

nach und verstummte wieder.

„Benita, ja ich sag's dir doch. Kranz wurde verhaftet. Was weißt du von der Sache, da läuft doch irgendwas!", rief Toni mit aufgeregter Stimme durch Telefon.

Benita war plötzlich sehr wortkarg geworden und meinte nur noch: „Toni, setzt dich in den nächsten Flieger und komm her, wir müssen reden", sagte sie und legte dann einfach auf.

Toni war verwirrt. Hatte Benita wirklich etwas mit diesen ungenehmigten Lieferungen zu tun. Was wusste sie? Was war mit den Designerdrogen, ist Benitas Labor die Drogenschmiede?

In Tonis Kopf rasten die Gedanken hin und her und ließen ihn nicht zu Ruhe kommen.

Er nahm die Abendmaschine und flog nach Barcelona.

„Benita, sag mir, hast du von der Sache gewusst?", begrüßte Toni Benita, die ihn, wie seit Jahren schon, vom Flughafen in Barcelona abholte.

„Lass uns doch erst einmal nach Hause fahren, dann können wir über alles reden", antwortete sie recht entspannt.

„Benita! Ich glaub es ja nicht. Du tust so als ob nichts wäre", fauchte er sie an.

Benita warf Toni lediglich einen vorwurfsvollen, etwas abschätzenden, Blick zu.

Es war das erste Mal, dass sie sich nicht verstanden. In all den vergangen Jahren waren sie wie füreinander geschaffen.

Niemals gab es Unstimmigkeiten, aber jetzt war es für beide eine neue Situation.

Toni fühlte tief in seinem Inneren, dass hier etwas nicht stimmte. Er vertraute seinem Bauchgefühl, welches ihm signalisierte: „Pass auf Toni."

„Ich kann nicht still da sitzen und nichts sagen!", begann er aufs Neue.

„Benita, sag doch. Weißt du was von der Sache?"

„Klar weiß ich von der Sache, ich bin doch nicht blöd!", attackierte sie Toni.

Toni schaute Benita an wie ein mit Wasser übergossener Hund. „Und?", setzte er nach.

„Hör doch auf Toni! Hier geht's doch nur um einen Formalismus eures kleinbürgerlichen Deutschlands. Die Behörden wollen irgendwelche Genehmigungen, die es hier in Spanien nicht gibt und die hier auch keiner braucht!", antwortete Benita wie eine gewiefte Geschäftsfrau, die Rechtwissenschaften studiert hatte.

Toni wunderte sich über ihre Antwort.

„Wie Formalismus? Es geht hier um Exportbestimmungen, die nicht eingehalten wurden", erwiderte er.

„Und was ist mit den Designerdrogen?", wollte er wissen.

Benita antwortete nicht. Sie tat so, als ob sie nichts

gehört hatte.

„Benita, und was ist mit den Designer Drogen?", setzte Toni nochmals nach.

Benita trat das Gaspedal ihres Cabrios durch und der 8 Zylinder Motor drückte Toni ordentlich zurück in den Beifahrersitz.

So rasten sie nach Hause in ihre imposante Villa. Mit quietschenden Reifen fuhren sie in die Hofeinfahrt, die Doppelgaragentür öffnete sich automatisch und sie stellte das Auto in der Garage ab.

„Komm mit Toni!", forderte sie ihn etwas aggressiv auf und ging mit großen Schritten durch die Nebentür ins Haus.

„Schau dir das an!", brüllte sie los. „Schau dir das alles an!"

Sie zeigte mit ihrem rotlackierten Zeigefinger auf die Einrichtung, die Terrasse und die Möbel.

„Was glaubst du Toni, woher kommt das alles? Glaubst du, das fällt vom Himmel oder es wird einem einfach so geschenkt? Und glaubst du, das ganze Leben hier ist kostenlos?

Wer hat sich denn mit den dicken Umsatzergebnissen in Deutschland auf die Schulter klopfen lassen? Und wer hat sich denn nie über die Sonderzahlungen Gedanken gemacht, die regelmäßig überwiesen wurden? Wer hat deinem Sohn die Wohnung besorgt? Glaubst du, das Geld fällt hier vom Himmel?"

Benita war völlig außer sich. Toni kannte sie so gar nicht.

Er war betroffen, er war tief betroffen und sprachlos. War er nun auch in dieses Geschäft verwickelt, oder hatte er sich hier einwickeln lassen?

Seine Gedanken ließen seinen Kopf pochen.

„Du steckst hinter der Drogenschmiede!", entgegnete Toni. „Drogen, das ist doch das Allerletzte! Benita, mit Drogen, da bringst du indirekt Menschen um. Und ich Trottel nahm dir die Sache mit Beauty und Vitalmedizin ab", sagte Toni kaum hörbar und total entsetzt.

Ihm war klar, aus der Nummer kam er nicht mehr heraus.

Natürlich wusste er über die großen Absatzmengen für den Export nach Barcelona zu Beautyfam, aber niemals hatte er die Sache mit Drogen in Verbindung gebracht!

Toni und Benita standen sich gegenüber und starrten sich an. „Diese Frau sieht einfach klasse aus!", dachte er sich.

Typisch Mann, trotz dieser Situation dachte Toni nur an das Eine. Er ging auf Benita zu, packte sie ein wenig zu grob am Oberarm und zog sie zu sich her.

Ihre große Oberweite wurde etwas gedrückt durch seine grobe Umarmung und Toni konnte ihre harten Brustwarzen spüren, welche ihn spontan stark erregten.

„Du bist ein kleines Luder", flüsterte er ihr ins Ohr und knabberte gleichzeitig vorsichtig an ihrem Ohrläppchen.

Benita - erregt durch Tonis Verhalten - flüsterte zurück:

„Toni, besorg es mir! Ich brauch es einfach, du warst schon so lange nicht mehr hier ..."

Er küsste sie erst zärtlich auf ihre roten Lippen und dann immer wilder und riss ihre Bluse auf.

Die kleinen weißen Perlenknöpfe sprangen ab und hüpften auf dem Boden umher bis sie liegen blieben.

Ihre Brüste drängten sich ihm regelrecht entgegen, er saugte zärtlich an ihren Nippeln und bahnte sich mit seiner Zunge den Weg über den Bauchnabel zu ihrem Schritt.

Benita stöhnte, sie war wieder einmal ausgehungert.

Diese Frau brauchte den Sex, wie die Tiere das Wasser zum Überleben.

Toni zog Benita zum Esstisch hinüber, drückte sie auf den Tisch hinunter und drang sogleich tief in sie ein.

Sie stöhnte abermals gierig laut auf und gab sich ihm hemmungslos hin.

Die Übergabe

Auch John war die Festnahme von Kranz nicht entgangen, er telefonierte täglich mit seiner Mutter und tauschte sich mit ihr, wie mit einer eng vertrauten Freundin aus.

John war ehrlich schockiert.

„Mama, ich hoffe Papa hat nichts mit der Sache zu tun?", fragte John seine Mutter durchs Telefon.

„Nein, das glaube ich nicht. Allerdings ist dein Vater in der letzten Zeit schon etwas merkwürdig", besänftigte Elena ihren Sohn. „Mama, ich versuch mal, in Barcelona etwas raus zu bekommen.

Ich kenne da einen Studenten, der nimmt ab und zu mal Drogen. Den befrage ich mal, woher er das Zeug bekommt", antworte John und verabschiedete sich liebevoll von seiner Mutter.

„Pass auf dich auf mein Schatz!", erwiderte seine Mutter.

Sofort informierte John seine Mitbewohner Tommy und Michael über die Sache mit den Designerdrogen und den gefälschten Medikamenten und forderte sie auf, sich unauffällig umzuhören.

Am Abend kam Tommys Freundin Maria zu Besuch in ihre WG, um den Jungs wieder etwas mit ihrem Spanisch weiterzuhelfen. Tommy fragte auch Maria, ob sie etwas davon gehört hatte.

„Ja, ich kenne da ein Mädchen, Dolores, die nimmt ab und zu so Designer Zeug. Die fährt voll darauf ab. Ich kann sie mal fragen, ob sie mir ihre Quelle verrät. Unter Frauen geht so was ganz leicht, wir halten zusammen bei solchen Sachen", grinste Maria.

„Warum grinst du so?", wollte Tommy wissen.

Michael und John starrten Maria an.

„Sonst wisst ihr doch auch alles, bevor wir Frauen es erfahren", antwortete sie.

„Was meinst du denn?", hakte Tommy nach.

Michael und John spitzen gespannt die Ohren, was denn nun kommen würde. Nach einigem hin und her und langem Betteln erzählte Maria weiter.

„Es gibt HLR für die Frau", fuhr sie fort und wurde etwas rot im Gesicht.

Die Drei schauten sich fragend an.

„Und was soll das sein – HLR?", fragte Tommy gespannt.

„HLR kommt aus dem englischen und heißt „Horny Long Ride", antwortete Maria.

Wieder schauten sich die drei fragend an und starrten auf Maria. „Übersetzt heißt das „Geiler Langer Ritt". Es ist eine Art Viagra für die Frau", klärte sie die drei auf.

„Her damit, los her damit!", riefen die Jungs durcheinander.

„Ich nehme die ganze Lieferung ab!"

„Nein ich!"

„Nein ich!", feixten die Jungs mit einem unmiss-verständlichen Grinsen im Gesicht.

„Das gibt's doch nicht, Viagra für die Frau?", wollte Tommy nochmals bestätigt wissen.

„Ja, ist kein Spaß, das gibt's wirklich. Das Problem ist nur, man kann das Zeug noch nicht richtig einschätzen. Entweder man wird so geil, dass man drei Tage nur noch Sex haben will oder man hat üble Nebenwirkungen, wie blutigen Durchfall und Magenkrämpfe", erklärte Maria weiter.

„Irgendwie ganz schön abtörnend die Mischung aus Sex und blutigem Durchfall", erwiderte Tommy.

John und Michael verzogen ihre Gesichter.

„Na also, jetzt wisst ihr Bescheid. Ich frag mal nach, wer so ein Zeug verkauft", antwortete Maria und packte ihre Studiensachen aus, um mit dem Spanischunterricht zu beginnen.

Bereits am folgenden Tag hatte Maria eine Telefonnummer recherchiert, bei der man die Designer Droge HLR beziehen konnte.

Das Codewort zur Bestellung hieß: „FELICIDAD" (übersetzt: Glück).

Wieder saßen die drei Jungs und Maria zusammen in der WG. Tommy, der Aufreißertyp, war auch gut im Schauspielern und wählte die recherchierte Nummer bei lautgeschaltetem Mithörton.

„Díga", meldete sich eine freundliche Männerstimme, „quien es?", was übersetzt heißt „hallo, wer spricht da?".

John, Michael und Maria starrten Tommy erwartungsvoll an.

Da legte Tommy plötzlich mit gekonnt verstellter, fremdländischer, tiefer Männerstimme in seinem gebrochenem Spanisch los:

„Hablas alemán?"

„Ja, ein bisschen", war die Antwort.

„Ich will HLR, kannst du mir was besorgen?"

„Woher hast du die Nummer?", wollte die Männerstimme wissen.

Maria hielt den Zettel, den sie kurz vorher geschrieben hatte, direkt vor Tommys Nase, auf diesem stand: „FELICIDAD".

„Von einem Freund", fuhr Tommy fort.

„Von welchem Freund?", fragte die Männerstimme nach.

Nach ein paar Sekunden des Zögerns antwortete Tommy:

„Von FELICIDAD."

Mehrere Sekunden des Schweigens vergingen. Nur das Atmen des Angerufenen war zu hören.

„Wie viel?", fragt die Stimme plötzlich.

„250 Stück", erwiderte Tommy.

„Macht 5000 Euro. 20 Euro pro Stück", antwortete die Stimme. „Ok, wo und wann bekomme ich das Zeug?", wollte Tommy wissen.

162

„Morgen früh, 10 Uhr am „Plaza de Catalunya",
du ziehst dir eine schwarze Baseballmütze, ein
schwarzes T-Shirt und schwarze Jeans mit weißen
Turnschuhen an. Ich finde dich."

Klack - und das Gespräch war beendet. Die vier
waren baff. Tommy stand der Schweiß auf der
Stirn.

„Das gibt's doch nicht! So schnell kann man sich
also Drogen besorgen!", meinte Tommy staunend.

„Wo bekommen wir 5000 Euro her?", fragte
Michael in die Runde. „Von mir, ich kann euch das
Geld schon leihen. Aber was wollt ihr dann mit
dem Zeug machen?", wollte Maria wissen.

Die Jungs schauten sich an und lachten lauthals
los.

„Ihr seid Schweine, Männer sind Schweine, alle
Männer sind Schweine!", fauchte Maria los.

Das Gelächter der Jungs verstummte in derselben
Sekunde.

„Ich hab's angefangen und ich will es jetzt auch
wissen!", antwortete John.

„Ich will wissen, wie der Typ aussieht, von dem
man das Zeug bekommt und wo er wohnt. Ihr legt
euch auf die Lauer und passt auf, wohin der Typ
geht. Dann haben wir eine Spur, der wir nachgehen
können", fuhr John fort.

„Ich weiß nicht", warf Michael dazwischen,
„glaubt ihr, das ist eine gute Idee, was ihr da
vorhabt? Stellt euch mal vor die Polizei erwischt

euch, was dann?"

Die Vier schauten sich fragend an.

„Machen wir Folgendes", schlug John vor, „ich gehe zum Treffen wie vereinbart und ihr versucht, dem Typen nach der Übergabe zu folgen. Wenn wir wissen, wo er wohnt oder woher er kommt, können wir die Polizei verständigen und ihr seid meine Zeugen.

Damit uns das jemand glaubt, fassen wir unser Vorhaben vorher in einem Schreiben zusammen, welches wir kopieren und jeder von uns im Fall der Fälle bei sich trägt. Einverstanden?", fragte John in die Runde.

Zögerlich angespanntes Nicken war die Reaktion.

John lag die ganze Nacht wach, er konnte nicht schlafen. Er war so aufgeregt.

Er ging in die Küche und holte sich eine Dose Bier aus dem Kühlschrank. Nach dem ersten Zischen beim Öffnen der Dose standen plötzlich Tommy und Michael hinter ihm.

„Los gib uns auch eine Dose raus", fordert Michael seinen Mitbewohner auf.

„Hey, wenn da was schief geht sind wir alle dran!", dachte Tommy laut vor sich hin. Gerade diese Bemerkung aus dem Mund von Tommy, dem Draufgänger, ließ die beiden anderen noch unsicherer werden.

„Prost!", John schlug seine Dose gegen die der Jungs und fuhr fort. „Positiv denken, es wird nichts passieren. Vertraut mir, ich hab es im Gefühl und mein Gefühl lügt nicht."

Punkt 9 Uhr am nächsten Morgen kam Maria in die WG.

„Hi Jungs, habt ihr gut geschlafen?", wollte sie von ihren Freunden wissen, aber sie erkannte schon die Augenränder unter den sechs Augen.

„Oh je, ihr habt auch kein Auge zugemacht!", beantwortete sie selbst ihre Frage.

„Ich habe einen Plan", legte Maria los, „Tommy und ich gehen zu Fuß auf die Placa de Catalunya, als Pärchen, das fällt am wenigsten auf!

Dir, Michael, habe ich einen schnellen Motorroller mit Freisprechanlage im Helm von einem Freund besorgt. Ich hoffe du kannst fahren.

Du fährst solange um den Platz, bis du ein Zeichen von uns bekommst. Entweder haut er zu Fuß ab, dann gehen wir ihm hinterher, oder er fährt uns davon, dann fährst du, Michael, dem Typen mit dem Roller nach. Was meint ihr dazu?", fragte Maria in die Runde.

„Super, hört sich gut an!", war die einstimmige Antwort.

„Ich war 1996 Motocross-Meister in meiner Stadt, den Roller werde ich mal richtig rannehmen!", antwortete Michael stolz.

Sie packten ihre Sachen und gingen los.

Um die Placa de Catalunya war zu dieser Zeit Berufsverkehr. Die Autos und Busse drängten sich lärmend durch die Straßen, ein Hupkonzert nach dem anderen legte sich über den nie enden wollenden Fußgängerstrom.

Mitten drin, genau auf dem Stern des Platzes, stand der schwarzgekleidete John mit der obligatorischen Baseballmütze und weißen Turnschuhen.

Eigentlich kam er sich ganz schön blöd vor, aber er hatte auch etwas Angst.

„Und jetzt?", dachte er laut vor sich hin. Es waren hunderte von Fußgängern unterwegs.

Sie kamen aus allen Himmelsrichtungen und so wie sie kamen verschwanden sie auch eilig wieder.

John schaute auf seine Uhr. Es war bereits zehn Minuten nach 10 Uhr. Er beobachtete Tommy und Maria in seiner Nähe, die sich - vortäuschend knutschend - auf einer der kleinen Holzbänke in Position gebracht hatten.

Michael fuhr mit dem Motorroller geduldig um die Placa und hielt immer wieder unauffällig bei der Einfahrt zur Rambla an. Maria und Tommy hatten direkten Kontakt zu Michael über die Standleitung per Handy.

Jetzt konnte es eigentlich losgehen.

„Bis jetzt ist alles noch ruhig", gab Maria durch ihr Handy an die Freisprechanlage von Michael durch, als plötzlich ein ebenfalls schwarz angezogener Mann mit weißen Turnschuhen bei John stehen blieb.

„Da ist er", flüsterte Maria durchs Telefon. Michael war zufällig wieder einmal am Eingang der Rambla stehen geblieben und blickte gespannt zu John hinüber. Tatsächlich, ein Mann mittleren Alters sprach mit John.

„Tienes fuego?", fragte der Unbekannte und hielt ihm seine Zigarette entgegen. John starrte ihn an. Er will Feuer für seine Zigarette.

War er der Bote? War er der Mann mit den Drogen? Sollte er ihm jetzt das Geld überreichen, welches er in seiner Hosentasche in einem Umschlag versteckt hielt?

„No fumador", antwortete der verdutze John und der Unbekannte ging weiter.

John fiel ein Stein vom Herzen, nein, eher ein Felsen, er war angespannt wie noch nie.

Plötzlich drehte sich dieser Unbekannte wieder um und ging erneut auf John zu.

„Wer schickt dich?", fragte er John.

John erstarrte.

„Das ist er doch. Warum frägt er erst so komisch und kommt dann wieder?", Tausend Gedanken schossen ihm durch den Kopf. „FELICIDAD", antwortete John, „sie schickt mich."

„Zuerst die Kohle", bestimmte der Unbekannte.

John blickte ängstlich nach links und rechts, um sicherzustellen, dass keine Polizei in der Nähe war, zog unauffällig sein Kuvert aus der Hosentasche und schob es dem Unbekannten zu.

„Michael, das ist er! Siehst du ihn?", alarmierte Maria den rollerfahrenden Michael.

„Der Typ, der mit John spricht, das ist er!", rief sie völlig aufgeregt durchs Handy.

Michael stand immer noch in Position, an der Abfahrt zur Rambla, mit laufendem Motor, und nickte Maria aus der Ferne zu.

Der Unbekannte blickte kurz ins Kuvert, steckte John ein kleines Päckchen zu, welches er unauffällig aus seiner Hosentasche zog, und sagte: „Wenn das Falschgeld ist, bist du tot."

Im selben Augenblick rannte der Unbekannte direkt auf Michael zu.

Michael erstarrte.

Hatte er ihn erkannt? Warum rannte er denn auf ihn los? Er kannte ihn doch gar nicht! Hatte ihn jemand verpfiffen? Der ist von der Polizei!

Tausend Gedanken rasten ihm durch den Kopf, doch der Unbekannte kam immer näher auf Michael zugerannt, lief dann aber an ihm vorbei und sprang auf ein abgestelltes Motorrad, startete die Maschine und fuhr wie ein Blitz davon.

„Los, Michael, los , das ist er! Er sitzt auf dem roten Motorrad, los gib Gas, fahr ihm hinterher!", schrie Maria völlig aufgeregt in ihr Handy.

Ehe sich John und Tommy umsahen, waren der Unbekannte und Michael mit Getöse im Stadtverkehr verschwunden.

„Michael, hörst du mich?", rief Maria aufgeregt in ihr Handy.

„Ja, ich höre euch, ich fahre gerade in nördlicher Richtung zur Sagrada Familia", raschelte es durch Marias Handy, die inzwischen die Lauthörfunktion für Tommy und John eingeschaltet hatte. John hatte sich inzwischen, noch sichtlich aufgewühlt, zu ihnen auf die Holzbank gesetzt.

Wenig später meldete Michael sich wieder:

„Jetzt fahren wir gerade in Richtung Park Güell, ich bin dicht an ihm dran".

Maria stutze etwas.

„Was ist los?", fragte Tommy besorgt.

„Ähh nichts, nichts ist los. Ich habe nur gerade so ein komisches Gefühl", erwiderte Maria abwesend.

„Zeig mal her", forderte nun Tommy John auf, ihm das Päckchen zu überreichen.

John hielt ein kleines weiches Stoffsäckchen in der Hand, welches oben zugeschnürt war. Er öffnete es und schaute hinein. „Tatsächlich, hier sind Tabletten drin. Es steht HLR drauf", flüsterte er vor sich hin.

„Jetzt hält er an, nein er fährt hinein", schallte es durch Marias Handy.

„Wo fährt er hinein?", wollte Maria wissen.

„Wir fahren gerade auf einer Seitenstraße und jetzt biegt er bei einer wuchtigen Palme ab in ein Grundstück, das zu einer riesengroßen Villa gehört.

Er fährt durch ein schmiedeeisernes Tor durch, aber da kann ich nicht weiter, ich sehe ihn nicht mehr", antwortete Michael, „jetzt ist das Tor schon wieder zu."

Maria wurde blass.

Ihr weiblicher Instinkt ließ sie erstarren.

„Michael, wie sieht die Villa aus?", wollte sie wissen, „Ist sie weiß und hat auf der rechten Seite eine große Doppelgarage und es steht ein rosablühender Strauch im Keramiktopf auf einer kleinen weißen Marmorbank davor?"

„Wow, gut geraten, bist du auch da oder bist du eine Hellseherin?", antwortete Michael lachend vom Motorroller aus.

„Was ist los?", wollte Tommy wissen, „Maria, was ist denn los?" Marias Blick war starr. Leichenstarr. Sie konnte sich nicht mehr bewegen.

Sie zitterte etwas.

„Maria, was ist denn?", forderte Tommy sie auf zu antworten und rüttelte sie sachte am Arm.

Maria antwortete ihm nicht, sagte aber:

„Michael, ist ok, komm zurück. Wir treffen uns in eurer WG. Mach aber bitte noch ein Foto von der Villa mit deinem Handy", ordnete sie Michael an.

„Ok, mach ich, bis gleich."

„Los, lasst uns gehen!", forderte Maria ihre

beiden Freunde auf.

Ungeduldig wartete Michael vor der WG auf seine Freunde. Endlich kamen sie.

„Na endlich! Habt ihr das Zeug?", brüllte er seinen Freunden auf der Straße entgegen.

„Pssssssst, schrei doch nicht so rum! Lass uns erst nach oben gehen!", rief Maria ihm erregt entgegen, als sich ihnen plötzlich ein Polizeiauto mit lautem Signalhorn näherte.

Die vier verstummten und blieben wie ange-wurzelt stehen, mit starrem Blick auf das herannahende Polizeiauto gerichtet.

„Jetzt ist es vorbei, wie sollen wir das jemanden erklären? Jetzt kommen wir in den Knast. Drogenhändler in der Uni werden sie uns nennen!"

Tausende dieser Gedanken rasten ihnen durch den Kopf, doch das Polizeiauto raste an ihnen vorbei, sie sahen nur noch die Rücklichter.

Die vier schauten sich an, lachten erleichtert und eilten mit Herzklopfen hinauf in die Wohnung. Mit einem lauten Knall warfen sie die Wohnungstüre hinter sich zu und machten sich daran, das Säckchen zu untersuchen.

„Zeig mal her, wie sieht das Zeug denn aus?", wollte John wissen, „Wie viele Tabletten sind drin?"

Er leerte den Inhalt auf dem Esstisch aus und John zählte die Tabletten nach.

„Michael, hast du die Villa fotografiert?", fragte Maria ängstlich.

„Ja klar", Michael kramte sein iPhone hervor, „hier, eine geile Hütte! Da ist er reingefahren", antwortete er.

„Was ist los Maria?", wollte Tommy wissen, „Du bist ganz blass" Tommy schaute besorgt seine hübsche Maria an.

„Sag doch, ist dir schlecht?", hakte Tommy nach.

Maria starrte die Jungs an, gab das iPhone zurück und sagte:

„Da wohne ich."

Die drei waren sprachlos.

„Wie, da wohne ich?", wollte John wissen, der aufhörte die Tabletten zu zählen und ging auf Maria zu.

„Ja, da wohne ich mit meiner Mutter zusammen", antwortete sie mit Tränen in den Augen.

„Und was hat der Typ mit deiner Mutter zu tun? Das gibt's doch nicht!", hakte John mit rauer Stimme nach.

Maria brach in Tränen aus.

„Schatz, das ist doch bestimmt eine Verwechslung! Die Häuser sehen doch hier alle gleich aus. Da oben ist doch die Villensiedlung, da sieht ein Haus dem anderen gleich", versuchte Tommy Maria zu trösten.

„Es ist sicher unser Haus, aber ich weiß nicht, was der Typ bei uns macht. Die kleine weiße

Marmorbank ist ein Geschenk von meinem Vater Toni", antwortete sie schluchzend.

Eine bedrückende Stille legte sich über das sonnendurchflutete Wohnzimmer.

Was hatte Marias Mutter mit der ganzen Sache zu tun? War der Unbekannte einfach nur in ein fremdes Grundstück geflüchtet? Nein, das war unmöglich! Das Tor öffnete sich automatisch, als er darauf zu fuhr, also musste er eine Fernbedienung dafür besitzen oder ein anderer Bewohner dieser Villa erwartete ihn und betätigte bei seinem Erscheinen den Öffner.

Außerdem war er in einen Innenhof geflüchtet, von dort aus war kein Weiterkommen mehr möglich. Der wollte da hin.

Was hatte der Unbekannte im Haus von Maria zu suchen?

„Dein Vater heißt Toni?", wollte John wissen.

„Ja, Toni. Er ist allerdings selten da, er ist ständig auf Reise, in Deutschland."

John starrte Maria versteinert an.

„Dein Vater heißt Toni und ist ständig geschäftlich in Deutschland?", fragte er nochmals nach.

Maria schaute ihn mit verheulten Augen an und nickte.

„Mein Vater heißt auch Toni und ist ständig auf Reise in Spanien", antwortete John sichtlich betroffen.

Tommy unterbrach das Gespräch.

„Jetzt mal langsam. Wir haben hier gerade ein Drogenfall aufzuklären und wollen nicht eure familiären Angelegenheiten klären!", zischte er genervt dazwischen, stand auf und öffnete die Terrassentüre. Ein warmer Wind durchzog das Wohnzimmer.

Er ging zum Fernseher und schaltete ihn an. Die Nachrichtensprecherin berichtete gerade über einem groß angelegten Medikamenten-Fälscherring:

„… hierbei handelt es sich um eine kriminelle Organisation, deren Netzwerk sich über ganz Südeuropa erstreckt. Die Zentralen der Organisation scheinen sich in Friedrichshafen und Barcelona zu befinden.

Über 50 Menschen mussten sich bereits in den umliegenden Krankenhäusern behandeln lassen, aufgrund starker Nebenwirkungen der eingenommenen gefälschten Medikamente. Fünf Tote wurden bereits verzeichnet.

Man spricht von einem großen Skandal, der die Pharma-Branche in ganz Europa durcheinander bringt. Desweiteren wären von derselben Organisation Designer Drogen auf dem Markt mit der Aufschrift HLR.

Es wird dringend davon abgeraten, diese Drogen zu konsumieren, da es sich um synthetische Medikation zur Stärkung der Libido der Frau handelt, welche noch nicht für den Markt freigegeben ist.

HLR kann lebensbedrohliche Blutverluste im Darmbereich verursachen.

Man spricht über ein Umsatzvolumen in dreistelliger Millionenhöhe durch diese Organisation in ganz Europa ..."

Die vier verstummten.

Das konnte doch alles nicht wahr sein. Marias Mutter hatte doch damit nichts zu tun.

Das war sicher reiner Zufall. Und was sollte Johns Vater mit Marias Mutter haben?

Na gut, ihre Väter hießen gleich, aber gab es den Namen Toni nicht öfter?

War bestimmt nur ein lustiger Zufall und nicht mehr.

„Hast du ein Foto von deinem Vater?", wollte John vom Maria wissen.

„Ja klar, hier", sie streckte ihm ihr Handy entgegen.

Er sah „seinen" Vater mit Maria in einem Palmengarten stehen. Sie hatte dieses Foto als ihren Bildschirmschoner verwendet. Eiskalt lief es John den Rücken herunter.

Maria deutete seine Reaktion richtig und fing abermals an zu weinen.

„Nein, lass es nicht wahr sein!", sie fiel Tommy um den Hals. Michael stand auf und murrte los

„Also, sorry Leute. Mir wird's jetzt etwas zu viel. Darf ich mal zusammenfassen: Wir verfolgen einen

Drogendealer, dieser flieht in eine Villa, in der Maria mit ihrer Familie lebt.

John hat einen Vater in Deutschland, der gleichzeitig Marias Vater ist. Und was haben die zwei jetzt mit dem Drogendealer zu tun?", beendete Michael seine schlaue Zusammenfassung.

„Maria, was arbeitet denn deine Mutter?", wollte Tommy wissen. Verheult antwortete sie: „Sie stellt Beauty- und Vitalmittel her. Sie betreibt dafür ein großes Chemielabor bei uns im Keller."

Die warme angenehme Luft, die gerade noch durch die Terrassentüre strich füllte sich plötzlich an wie ein antarktischer Tiefdruckausläufer, der die WG in Eiszapfen hüllte.

„Und dein Vater, John, was macht der beruflich?", wollte Tommy wissen.

„Er arbeitet bei einer großen Pharmafirma in Friedrichshafen, die Medikamente herstellt und vertreibt", antwortete John kleinlaut.

„Es muss eine Verbindung bestehen zwischen dem Drogendealer und Marias Mutter, die in irgendeinem geschäftlichen Kontakt zu Johns Vater steht", kombinierte Tommy.

Maria blieb über Nacht bei Tommy, sie konnte heute ihrer Mutter und ihrem Vater nicht gegenüber treten. Vielleicht war sogar noch der unheimliche Drogendealer im Haus.

Das Treffen

Am selben Abend rief John seine Mutter in Deutschland an. „Mama, ich habe etwas herausgefunden. Bitte komm ganz schnell nach Barcelona!", forderte John seine Mutter auf.

„Ach John, mir geht's nicht gut. Ich hab mich mit deinem Vater gestritten und jetzt ist er schon wieder nach Barcelona geflogen", antwortete sie mit etwas gebrechlicher Stimme.

John war kalt. Ihm war eiskalt.

Sein Vater hatte eine andere Frau in Barcelona. Demnach wäre dann Maria seine Halbschwester. Die Gedanken rasten hämmernd durch seinen Kopf.

„Mama, du musst unbedingt kommen, bitte. Ich hab dir einen Flug gebucht. Ab Friedrichshafen geht morgen ein Ferienflieger um 7:30 Uhr früh.

Bitte komm! Du musst unbedingt kommen, bitte, ich hol dich vom Flughafen ab", winselte John durchs Telefon.

„Ok, wenn du so großen Wert darauf legst, dann komme ich. Bis morgen."

„Mama, halt! Bitte ruf Papa nicht an, er soll nicht wissen, dass du in Barcelona bist, versprichst du

mir das?", wollte John wissen. „Ok, mach ich …
aber warum soll er nichts wissen?"

„Bitte Mama, frag jetzt nicht, ich erklär dir alles
morgen! Hab dich lieb – guten Flug Mama!"

„Ok, dann bis morgen. Ich hab dich auch lieb!",
antwortete sie und legte langsam auf.

John war schweißgebadet. Sein Körper zitterte.

Hatte er alles richtig gemacht, oder sollte er seiner
Mutter lieber nichts von dem Doppelleben seines
Vaters erzählen?

Er quälte sich mit seinen Gedanken, verbrachte
eine sehr unruhige Nacht, überredete aber zuvor
Michael, Tommy und Maria zum Flughafen mit-
zukommen, um seine Mutter abzuholen.

In der Zwischenzeit überschlugen sich die Medien
mit der Berichterstattung über den Medikamenten-
Skandal.

„Eine europaweite Verbreitung von gefälschten
Medikamenten wird bekannt. Drahtzieher kommen
aus Friedrichshafen und Barcelona!

Dieselbe Organisation bringt gleichzeitig Designer Drogen auf den Markt, welche als Viagra
für die Frau die Runde im Rotlichtmilieu macht. In
Friedrichshafen wurde bereits ein Mitarbeiter von
Meditec in Untersuchungshaft genommen. Man
wirft ihm Drogenhandel und Mitwisserschaft in
der Kinderprostitution vor …"

„Hi Mama, hattest du einen guten Flug?", empfing John seine Mutter und drückte ihr einen Kuss auf die Backe.

„Ja danke, war ok", antwortete sie leicht erschöpft.

„Schau, das sind meine Freunde; Maria, Tommy und Michael. Maria ist Spanierin und wohnt hier in Barcelona bei ihren Eltern. Sie spricht auch deutsch."

„Hallo zusammen!", antwortete Elena und begrüßte die Freunde mit einem zarten Händedruck und fuhr fort.

„Also, was gibt es denn Neues in Barcelona? Habt ihr was ausgefressen?"

Elena bemerkte die beklemmende Stimmung.

Tief in ihrem Inneren wollte sie eigentlich gar nicht wissen, was es hier Neues gab. Sie hatte schon eine böse Vorahnung, diese beklemmende Stimmung aber kam ihr sehr beängstigend vor.

Und diese Maria erinnerte sie an irgendjemanden. Sie hatte das Gefühl, sie von irgendwoher zu kennen.

„Kommt, lasst uns erst mal zum Auto gehen", unterbrach John die angespannte Situation, hakte sich bei seiner Mutter ein, strahlte sie an und sagte: „Schön dass du da bist."

Dankbar lächelte sie zurück.

„Mama, wir haben mal recherchiert, und haben natürlich auch etwas herausgefunden", begann John vorsichtig sein Gespräch im Auto.

„Aha, und was habt ihr herausgefunden?", wollte Elena wissen.

John atmete tief durch, warf seiner Mutter einen kurzen Blick zu und begann zögerlich zu erzählen.

„Wir haben jemanden in Verdacht, der mit dem Medikamenten-Skandal etwas zu tun haben könnte, sind uns aber nicht ganz sicher", fing John vorsichtig an.

Seine Mutter schaute ihn sprachlos vom Beifahrersitz aus an. John bemerkte den Blick, er spürte einen kalten Hauch an seiner Seite, als ob ein Luftzug an seiner Wange vorbei strich und drehte seinen Kopf ganz kurz zu Elena um.

„Nun sag schon, wen habt ihr in Verdacht?", wollte Elena wissen. „Ich sag's dir doch, es ist nur ein Verdacht", erwiderte John.

„Also wer? Wer ist es?", forderte Elena John auf, ihr endlich zu antworten.

Nach kurzem Zögern rutschte es über seine Lippen:

„Papa, Papa ist unser Verdächtiger!", stammelte John.

Elena, ihren Blick immer noch auf den fahrenden John gerichtet, erstarrte. Dann lachte sie unnatürlich auf.

„Ach Quatsch! Doch nicht Toni!", erwiderte sie.

Gedanken schossen ihr durch den Kopf.

Oder etwa doch? Seine zahlreichen Aufenthalte in Barcelona, heimlich geschriebene und empfangene

SMS und schnell beendete Telefonate, wenn sie den Raum betrat. War das eine Erklärung? Sie deutete diese Anzeichen stets so, dass ihr Mann vielleicht eine Freundin hatte. War es am Ende noch etwas Schlimmeres?

Ihre Gedanken überschlugen sich. Ihre Hände zitterten.

Plötzlich atmete sie sehr stark ungewöhnlich laut mehrfach hintereinander ein und aus.

„Mama, Mama, was ist los?", fragte der besorgte John.

Tommy, Michael und Maria beobachteten besorgt und mitfühlend Johns Mutter.

Elena war getroffen, schon wieder!

Sie war tief in ihrem kranken Herzen getroffen. Ihre Seele blutete nicht nur etwas, jetzt blutete sie stark.

„Lass nur, es geht schon, es geht schon. Ich brauche nur etwas Luft", antwortete sie und öffnete das Beifahrerfenster einen Spalt weit.

„Wir glauben auch zu wissen, nein eigentlich wissen wir, wo Papa wohnt", fuhr John fort, als sie sich langsam dem Stadtkern von Barcelona näherten.

Maria schossen Tränen in die Augen. John sprach von ihrem Vater, nein auch von seinem Vater. Es war ein und derselbe Mann.

„Wie? Er wohnt doch im Hotel!", fragte Elena nach.

John warf seiner Mutter einen kurzen Blick zu und schüttelte vorsichtig den Kopf.

Marias Schluchzen fiel inzwischen allen Mitfahrenden auf. Tommy legte seinen Arm um sie und drückte sie zärtlich. Elena spürte, hier stimmte etwas nicht und fragte nach.

„Los, sagt mir, was ist denn los? Ihr wisst doch alle Bescheid!", forderte sie die Runde auf.

„Mama, du musst jetzt ganz stark sein, versprich mir das", wollte John bestätigt bekommen.

Elena starrte immer noch auf ihn, diesmal jedoch völlig erstaunt.

„Papa wohnt hier in Barcelona bei einer anderen Frau."

Jetzt war es raus! Die Wahrheit und nichts als die Wahrheit kam ans Tageslicht, sie spürte es. Die Wahrheit, die Toni so lange verheimlichen konnte.

Die Wahrheit kann verletzend sein, doch hier war sie nicht nur verletzend, sie traf Elena wie ein Säbelstoß tief in ihr Herz.

Zwar plagte sie seit Jahren ein gewisses Misstrauen, doch die Wahrheit wollte sie nie wissen. Sie lebte in ihrer Traumwelt, aus der sie nicht gerissen werden wollte. Nun war sie ins eiskalte Wasser gestoßen worden, dabei wollte sie doch gar nicht schwimmen!

Sie fühlte tiefen Schmerz, tiefen Seelenschmerz.

Jetzt kullerten auch ihr Tränen über die Wange. Aus ihrer Jackentasche holte sie ein Taschentuch hervor, putzte sich die

Tränen weg und schnäuzte ihre rote Nase.

„Ich habe es mir gedacht, ... ich hab es mir immer schon gedacht, aber ich wollte es nie wahrhaben!", heulte Elena.

Totenstille war im Wagen, man hörte nur noch das leise Brummen

des Motors. Eine Art Schleier des Entsetzens legte sich über die Stille, die alles andere eindämmte. Tiefes Mitgefühl empfanden die jungen Leute für die gebrochene Frau.

„Michael, muss ich hier abbiegen?", wollte John wissen. Ihr Wagen rollte langsam in eine Nebenstraße am Park Güell.

Eine Nebenstraße mit noblen Villen, jede für sich in die felsige Landschaft integriert. Die Villen waren umringt von den verschiedensten Palmen in jeder erdenklichen Größe. Hier wohnten die Reichen der Stadt. Hier spielte Geld keine Rolle. Hier hatte man scheinbar alles, alles war in Weiß gehalten, die Farbe der Reinheit.

Die kleine Kapelle in der Nachbarschaft schlug inzwischen 10:00 Uhr.

„Hier, hier auf der rechten Seite ist es!", rief Michael aufgeregt und zeigte mit dem Finger auf die schmucke Einfahrt einer großen Villa.

Maria schluchzte laut auf - John hielt genau vor ihrem Haus, vor der Villa ihrer Mutter, ihrem Elternhaus.

„Was soll hier sein?", wollte Elena wissen und stieg aus dem Wagen.

Tommy kümmerte sich noch fürsorglich, um seine schluchzende Maria, aber Michael und John stiegen mit Elena aus dem Wagen.

„Hier ist er reingefahren, der Drogendealer", sagte Michael und zeigte auf die offene Einfahrt, welche zu einer sehr eleganten und bestimmt sündhaft teuren, weißen Villa führte.

Elena war unwohl.

Wohnte hier ihr geliebter Mann mit einer anderen? Eine andere, von der er nie gesprochen hatte?

Sie war sich sicher, hier die Antwort zu finden, welche sie nie suchen, beziehungsweise wissen, wollte.

Im diesem Augenblick öffnete sich die Haustüre und Toni kam verschlafen, nur mit einem Bademantel bekleidet, aus dem Haus, lief zwei kurze Schritte zum Briefkasten, um die Tageszeitung herauszunehmen.

Elena erstarrte. Das gab's doch nicht. Da war ihr Toni.

Da war ihr Toni im Bademantel.

„Toni?", rief Elena fragend dem Mann im Bademantel zu.

Der Mann schaute zur Einfahrt, stockte und blieb dann ebenfalls erstarrt stehen.

Da war Toni, ihr Toni im Bademantel vor einer

fremden Villa in der Stadt, wo er ständig auf Geschäftsreise war.

Ihr gesamtes bisheriges Leben spielte sich in Sekunden wie ein Film in ihrem Kopf ab:

Das Kennenlernen mit Toni, die Hochzeit, die Flitterwochen, dann die Geburt von John und so vieles mehr.

Elena und John schauten sich wenige Sekunden wortlos an, dann brach Elena plötzlich zusammen. Sie stürzte und stieß mit ihrem Kopf heftig gegen die Bordsteinkante.

„Mama!", brüllte John besorgt, „Mama, hast du dir wehgetan? Was ist denn los?"

John bückte sich zu seiner Mutter herunter und bemerkte Blut an ihrem Hinterkopf. Sie reagierte nicht mehr – sie war bewusstlos.

Toni stand immer noch regungslos vor der Haustüre mit seiner Zeitung in der Hand.

„Einen Krankenwagen, schnell, einen Krankenwagen, sie blutet!", brüllte John.

Michael zog sein Handy aus der Tasche und alarmierte sofort die Ambulanz.

„Toni, was ist los?", rief eine Stimme im selben Moment aus dem Hintergrund und Benita kam, ebenfalls mit Bademantel bekleidet, aus der Villa.

„Was ist da …?", sie stockte, denn da sah sie schon eine auf dem Boden liegende Person über die sich eine zweite Person beugte. Außerdem war da noch ihre Tochter, die in diesem Moment aus einem vor der Einfahrt geparkten Wagen ausstieg.

„Maria, was ist denn los?", rief Benita besorgt ihrer Tochter entgegen.

„Papa!", rief John seinem Vater zu, „Papa, sie blutet und ist bewusstlos, was soll ich machen?", brüllte der verzweifelte John seinem Vater zu.

Endlich reagierte Toni, erwachte aus seiner Starre und rannte auf seine am Boden liegende Frau zu.

„Toni, was soll das, was machst du denn da?", rief Benita Toni hinterher.

Toni kniete sich zu seiner Frau herunter und hob sanft ihren Kopf an.

„Elena, Elena, kannst du mich hören?"

„Toni, was machst du denn da?", wiederholte sich Benita, „Und was ist mir dir Maria, warum weinst du?", wollte sie wissen und ging neugierig auf die Gruppe zu.

„Elena, Elena", flüstere Toni mit sanfter Stimme und streichelte seiner am Boden liegenden Frau über die etwas aufgeschürfte, blutende Backe.

Elena öffnete kurz ihre Augen, sie konnte ihre Lider nicht ruhighalten. Sie nahm Tonis Hand und flüsterte etwas.

„Ich verstehe dich nicht Elena", flüsterte Toni bereits tiefer nach unten gebeugt ihr vorsichtig ins Ohr.

„Ich verstehe dich nicht", wiederholte er sich.

Elena schnappte nach Luft, völlig entkräftet flüsterte sie:

„Toni, ... sag, dass es nicht wahr ist!", mit letzter Kraft und sackte dann regungslos zusammen.

Ihre Augen schlossen sich und ihre Hand glitt aus Tonis Hand unsanft zu Boden.

Im diesem Augenblick näherte sich der Rettungswagen mit lauter Warnsirene.

„Kann mir jemand sagen, was hier los ist?", wollte Benita nun ungeduldig von der Gruppe wissen.

„Schnell, hierher!", winkte Tommy den Rettungswagen in die Hofeinfahrt.

Zwei Rettungssanitäter und ein Notarzt sprangen heraus und eilten zur regungslos auf der Straße liegenden Elena.

„Papa, was ist mit Mama?", wollte der weinende John von seinem Vater wissen.

„Wie? Papa?", antwortete Benita erstaunt.

„Machen sie bitte Platz!", forderten die Rettungskräfte John und Toni auf.

Der Notarzt überprüfte mit professionellem, kurzem Blick die Pupillen von Elena, legte seine Finger an ihre Halsschlagader und horchte mit seinem Stethoskop ihren Brustkorb ab.

Am Kopf hatte sie eine kleine unbedeutende Platzwunde, die von dem Sanitäter gleich versorgt wurde.

Nach weiterer Untersuchung stand seine Diagnose fest:

„Sie hatte einen Herzinfarkt, schnell! Bring mir den Defibrillator!", rief der Notarzt seinem Assistenten zu, der sofort zum Rettungswagen rannte um das Gewünschte zu holen.

Toni erkannte den Ernst der Lage und fügte aufgeregt hinzu:

„Sie hat eine Herzschwäche, sie nimmt regelmäßig Medikamente"

Der Notarzt war dankbar für diese Information und nickte.

„Woher weißt du das?", wollte Benita zickig wissen als es ihr plötzlich wie Schuppen von den Augen fiel.

Das musste Elena, Tonis deutsche Frau sein.

„Was macht die den hier, vor meinem Haus, das gibt's doch nicht! Und was macht Maria mit den jungen Leuten hier und warum weinte sie?", die Gedanken rasten ihr nur so durch den Kopf.

Inzwischen legte der Notarzt, vor den Augen der Gruppe, Elena den Defibrillator an und gab das Signal.

„Bitte alle wegtreten!"

Es gab ein knisterndes Geräusch und der leblose Körper zuckte zusammen und wölbte sich nach oben.

Keine Reaktion - Elena blieb regungslos liegen.

„Noch einmal, bitte alle wegtreten."

Wieder knisterte es und der leblose Körper wurde abermals mit Strom beschickt, als Elena plötzlich zu Husten begann.

„Wir haben sie wieder!", rief der Notarzt seinem

Team zu.

„Jetzt schnell, 20 mg Tosolin!", forderte der Arzt seinen Sanitäter auf, eine Injektionsspritze vorzubereiten.

Blitzschnell und geübt übergab er das Gewünschte und der Arzt setzte die Injektionsnadel an und spritze das Tosolin in Elenas Armvene ein.

Vom zweiten Sanitäter war inzwischen die Herzfrequenzüberwachung angelegt und aktiviert, welche mit einem regelmäßigen und ruhigen sich wiederholenden Piep die Gruppe etwas entspannen ließ, als plötzlich - nach wenigen Minuten - ein langer Piep Ton den Notarzt aufschreckte.

„Was ist los mit ihr?", fragte sich der überraschte Arzt.

Elenas Herz stand wieder still.

„Das gibt's doch nicht! Sie war doch wieder bei uns!", rief der besorgte Arzt.

Die Sanitäter stellten die Bahre, auf die sie Elena bereits zum Transport aufgeladen hatten, wieder ab.

„Was hast du ihr aufgezogen? Waren es auch 20mg Tosolin?", wollte der Arzt von dem Sanitäter wissen.

„Na klar, wie du gesagt hast. Hier ist die leere Ampulle", rechtfertigte sich der Sanitäter.

„Das gibt's doch nicht!", rief der Notarzt.

„Kann mir denn einer mal sagen was hier los ist?", schluchzte Toni verzweifelt auf.

Der Notarzt reagierte nicht und las den Medikamentenaufdruck, welcher an der Ampulle angebracht war.

„Das gibt's doch nicht! Wieder so ein gefälschtes Zeug. Ich war mir sicher, dass wir alles aussortiert haben!", antwortete der Arzt besorgt und warf die leere Ampulle wütend zurück in seine Arztkoffer.

„Den Defi, schnell den Defi!", forderte er hektisch seine Sanitäter auf.

„Zieht mir nochmal 20 mg Tosolin auf, aber nicht wieder dieses Zeug von Beautyfam!"

Wieder legte er den lebensrettenden Helfer an und injizierte ihr das Tosolin.

Bange Sekunden des Hoffens und Wartens vergingen, doch Elena blieb regungslos liegen. Verzweifelt versuchte es der Notarzt ein erneutes Mal - wieder erfolglos.

Elena blieb regungslos auf der Bahre liegen. Der Arzt stoppte die Wiederbelebungsversuche, schaute zu Toni auf und schüttelte bedauernd den Kopf.

Sie war tot.

Die kleine Gruppe war entsetzt. John starrte wie versteinert auf seine tote Mutter.

Tränen liefen ihm über sein blasses Gesicht.

„Nein, nein!", heulte John verzweifelt auf, „Nein, das gibt's doch nicht! Sie war doch gerade noch wach. Maaaama …!"

John kniete neben seiner Mutter, umarmte den

leblosen Körper und winselte wie ein kleiner Hund.

Toni und Benita standen wie versteinert daneben. Neben ihnen Michael und Tommy mit Maria - ebenfalls geschockt und sprachlos.

Plötzlich ging John auf seinen Vater los.

„Du Drecksack, du alter Drecksack! Du hast sie umgebracht mit deiner beschissenen, gefälschten Medizin!"

John packte seinen Vater am Hals, und hätten nicht Michael und Tommy John weggezogen und ihm die Hände festgehalten, hätte John seinen Vater wahrscheinlich an Ort und Stelle umgebracht.

„Du alter Drecksack!", schrie John immer und immer wieder verächtlich.

Winselnd ließ John nach seiner Wutattacke von seinem Vater ab. Kniete sich zu seiner toten Mutter, nahm sie in der Arm und weinte bitterlich.

Benita und Toni schauten sich, immer noch nur mit ihren Bademänteln bekleidet, wortlos an.

Maria war nach diesem Vorfall nicht mehr zu beruhigen und Tommy zog sie zurück in den Wagen. Der Notarzt wählte die Nummer eines hiesigen Bestattungsunternehmens und packte mit Hilfe der Sanitäter seine Sachen zusammen.

Michael ging zum Auto.

Wortlos wartete die kleine Gruppe auf den angeforderten Leichenwagen.

Als dieser nach einer knappen Viertelstunde erschien, luden die Fahrer Elena ein und John stieg

– immer noch wie betäubt - zu seinen Freunden ins Auto. Michael startete den Motor und kurz bevor er losfuhr rief er Benita und Toni, die mit ihren reinen weißen Bademäntel im Hof standen und richtig bescheuert aussahen mit Abscheu zu:

„Wir sehen uns wieder!"

Mit einem lauten Reifenquietschen rasten sie davon.

„Elena, nein, Elena, das gibt's doch nicht!", stotterte Toni.

Benita blickte zu Toni, drehte sich weg und ging zurück zur Villa. sie blieb an der Eingangstüre stehen und rief kühl:

„Toni, kommst du?"

Toni jedoch blieb noch minutenlang reaktionslos und wie angewurzelt im Hof stehen. Er war entsetzt über das gerade Erlebte aber noch entsetzter über sich selbst.

Der Unfall

„John, ach John, es tut mir so leid!", versuchte Maria, wieder zurück in der WG, ihren Halbbruder zu trösten.

Sie wog ihn in ihrem Arm wie ein kleines Kind, als dieser seinen Tränen und seiner Trauer freien Lauf ließ. John weinte, er weinte um seine tote Mutter und um sein jetzt zerstörtes Vertrauen in sein zu Hause.

War denn alles auf Lügen gebaut gewesen? Wie lange ging das schon mit seinem Vater und Marias Mutter? Jetzt war seine Mutter tot! Wem konnte er denn noch vertrauen? Seinem Vater bestimmt nicht mehr! Wie er aus diesem fremden Haus kam – im Bademantel – sein Vater!

Dieser Drecksack hatte seine über alles geliebte Mutter auf dem Gewissen – er hatte sie umgebracht mit seinen gefälschten Medikamenten.

„Was machen wir jetzt?", wollte Michael wissen.

„Wir wissen doch nun, dass irgendetwas in der Villa läuft?", fragte er in die Runde.

„Den Drecksack liefere ich ans Messer!", rief der plötzlich stark erregte John, stand auf und kramte in seiner Tasche. Er hielt sein Handy in der Hand und wählte eine Nummer.

Nach kurzer Pause war das Freizeichen zu hören.

„Hallo, hier ist John, John Wing, kann ich bitte Herrn Sera sprechen?"

„Hallo John, wie geht es dir?", wollte die Assistentin wissen. Schließlich kannte sie John bereits von seinem Praktikum in der Firma.

„John, das geht nicht. Ich kann dich nicht mit meinem Chef verbinden, du hast doch gehört was los ist. Die Staatsanwaltschaft ist bei uns im Haus", erwiderte sie.

„Genau, genau um das geht es. Bitte, ich muss Herrn Sera unbedingt sprechen! Ich habe wichtige Hinweise zu dieser Sache, bitte stellen sie mich durch!", flehte John die Assistentin an.

Nach kurzem Zögern antwortete diese:

„Na gut, ich versuch es, aber ich kann dir nichts versprechen."

Das Gespräch war unterbrochen und John war in die Telefon-Warteschlange eingereiht.

„Hier Sera", klang plötzlich die freundliche Stimme von Herrn Sera durch den Hörer.

„Herr Sera, hier spricht John, John Wing, der Sohn von Toni Wing."

„Ja hallo Herr Wing, was gibt es denn so dringendes? Fassen sie sich bitte kurz", erklang die ungeduldige Stimme von Herrn Sera.

„Ich weiß, wer hinter der Sache mit den gefälschten Medikamenten steckt", ratterte John wie ein Maschinengewehr los.

Stille war in der Leitung.

„Hallo, Herr Sera, sind sie noch dran?", wollte John bestätigt haben.

„Ja, ich bin ganz Ohr", antwortete Sera.

„Mein ...", John stockte.

Er wurde plötzlich sehr nervös. Er sprach immerhin mit dem Vorstandsvorsitzenden, dem Chef der großen Firma Meditec.

Und was wollte er ihm nun erzählen? Wollte er ihm erzählen, dass sein Vater hinter der Sache steckt? John stockte kurz und fuhr dann fort.

„Mein Vater steckt dahinter, mein Vater hat mit der Sache zu tun."

„Wie kommen sie dazu, ihren Vater zu beschuldigen?", wollte Sera wissen.

John begann nun ausführlich, seine Geschichte zu erzählen.

Nach mehreren Minuten detaillierter Berichterstattung forderte Herr Sera John auf, die Aussage bei der spanischen Polizei schriftlich zu Protokoll zu geben, bedankte sich bei John und beendete dann das Telefonat.

John war nun erleichtert.

Er hatte die Wahrheit, nichts als die reine Wahrheit, gesagt und es tat ihm nicht weh. Was ihm weh tat war die Trauer um seine über geliebte Mutter.

Am selben Tag wurde in Deutschland ein Ermittlungsverfahren gegen Toni Wing, Rechtsanwalt Dr. Spät, Vermögensverwalter Donald Lieh und Steuerberater Dr. Rau wegen Unterstützung und Mitwisserschaft von gefälschten und auf dem Markt verkauften Medikamenten, Korruption und Unterschlagung und teilweise Kinderprostitution eröffnet.

Sämtliche Umsätze auf deren privaten Konten wurden von der Staatsanwaltschaft überprüft. Gelder, besonders die großzügigen Spenden die Toni an Stiftungen, Schulen, Kindergärten gegeben hatte, wurden zurückgefordert. Hierbei handelte es sich um Gelder aus kriminellen Machenschaften.

Ein Rumoren ging laut Presseberichten durch die Bevölkerung, denn in der kleinen Stadt Friedrichshafen wusste natürlich jeder, wer die Herren waren, von denen in allen Medien berichtet wurde und es gab nur einen, dem man ein solches abscheuliches Verhalten niemals zutraute: Toni Wing.

Er wurde plötzlich geächtet.

Maria, Tommy und Michael verfolgten vom Sofa aus die laufenden Nachrichten.

Die Berichte überschlugen sich und die internationale Presse richtete ihr Augenmerk auf Barcelona, als plötzlich folgende Meldung die versammelte Runde aufschreckte:

„Wie soeben bekannt wurde, verstarb die 20-jährige Studentin Dolores G. aus Barcelona vergangene Nacht, aufgrund eingenommener Drogen der Firma Beautyfam."

Ein großes Foto von Dolores wurde im Fernsehen eingeblendet. „Eine, vor allem in Spanien verbreitete Designer Droge, HLR, welche besonders in Studentenkreisen bei Partys unter die Leute gemischt wird ..."

„Nein, das gibt's doch nicht!", unterbrach Maria die Aufmerksamkeit und rief plötzlich in die Runde.

„Wisst ihr wer das ist? Das ist Dolores, meine Freundin Dolores, die mir die Telefonnummer von dem Drogendealer gegeben hat."

Die drei schauten sich fassungslos an.

John sprang, rasend vor Wut, vom Sofa und schrie: „Den Drecksack, den hole ich mir!", und ging mit schnellen Schritten zur Ausgangstüre.

„Nein, John, nein, bleib hier!", forderte Maria ihren Halbbruder auf und hielt seinen Arm fest.

John hielt inne, drehte sich zu Maria und fauchte:

„Maria, deine Mutter und unser Vater haben mit der Sauerei zu tun, das kann ich nicht einfach so hinnehmen. Wenn du willst komm mit, wir fahren zu eurer Villa!", beendete John wutschnaubend seine Ansage.

Maria nickte und lief dem bereits wütend aus der Türe fliehenden John hinterher in sein Auto.

„Wenn das mal nur gut geht", sagte Michael zu Tommy, nichts Gutes ahnend.

Mit kreischenden Reifen raste Johns Wagen

los. Aggressiv bahnte er sich den Weg durch den Stadtverkehr, bis er endlich so richtig Gas geben konnte auf den kurvigen Straßen in Richtung Villa, hinauf zum Park Güell.

John überholte wie ein Formel 1 Fahrer alle Fahrzeuge, die sich ihm in den Weg stellten.

„Fahr nicht so schnell!", forderte Maria John verängstig auf, „Mensch, fahr doch nicht so schnell!", wiederholte sie sich, als John plötzlich, in der darauffolgenden Kurve, die Kontrolle über seinen viel zu schnell fahrenden Wagen verlor und von der Straße abkam.

Der Wagen überschlug sich mehrfach und John und Maria wurden aus dem Auto geschleudert.

Das Fahrzeug blieb etwa fünfzehn Meter unterhalb einer Kurve im felsigen Gelände qualmend auf dem Dach liegen.

Schnell war erste Hilfe Vorort. Hilfe von den nachfolgenden Autos, die alle zuvor von Johns Wagen äußerst riskant überholt wurden. Die Menschen stiegen aus ihren Fahrzeugen, schauten den kleinen Abhang hinunter und sahen ein Bild des Grauens:

Zwei junge Menschen langen regungslos und blutverschmiert - wie nebeneinander gelegt - mehrere Meter vom qualmenden Auto entfernt.

Sie eilten zu Hilfe hinunter und alle schüttelten den Kopf. Der gemeinsame Tenor der sichtlich betroffenen Helfer war:

„Der war viel zu schnell, viel zu schnell für diese Kurve."

Maria und John waren tot. Sie konnten nichts mehr für sie tun.

Das Ende

Benita und Toni hatten sich auf ihrer prächtigen Terrasse bereits in Streitgespräche verstrickt, die von Vorwürfen und jetzt notwendigen Vorsichtsmaßnahmen geprägt waren, als es an der Haustüre klingelte.

Benita stand auf und öffnete die Türe. Während sie sie öffnete, sah sie Polizeiautos, die mit Blinklichtern in ihrer Hofeinfahrt standen.

Mehrere Polizisten hatten sich um die geparkten Autos herum versammelt. Dahinter sah sie eine Schaar von Reportern, die sich um die Absperrung der Polizei drängelten, jeder erpicht darauf, das beste Foto von Benita und deren Villa zu schießen.

„Sind sie Frau Benita Garcia?", wollte der Polizeibeamte von Benita wissen. „Und wohnt hier auch ein Toni Wing?", fuhr der Polizeibeamte fort.

„Toni, kommst du mal bitte?", rief Benita statt einer Antwort durchs Haus.

Nachdem Toni erschienen war und sich vorgestellt hatte, baten sie die Polizisten ins Haus. Kaum war die schützende Tür ins Schloss gefallen fuhr der Beamte fort.

„Ich muss ihnen beiden leider eine traurige

Nachricht überbringen. Ihre Tochter Maria Garcia und ihr Sohn John Wing", der Polizist wandte seinen Kopf zu Toni und fuhr fort, „sind vor einer Stunde bei einem schrecklichen Verkehrsunfall ums Leben gekommen. Mein herzliches Beileid."

Benita und Toni waren sprachlos.

„Wie? Ums Leben gekommen, wir haben sie doch gerade eben noch gesehen, das muss eine Verwechslung sein!", stotterte Benita.

Die sonst so gefasste Geschäftsfrau war schockiert.

„Toni sag doch etwas. Ist es ganz sicher, dass es sich um unsere Kinder handelt?", wollte Toni bestätigt haben.

„Ja, ganz sicher - leider", antwortete der Polizist und zog ein Foto vom Unfallort hervor.

„Desweiteren muss ich sie beide festnehmen. Es besteht dringender Tatverdacht der Herstellung, Unterstützung und Mitwisserschaft von gefälschten, auf dem Markt verkauften Medikamenten und Designer Drogen sowie der Korruption und der Unterschlagung."

Eine Woche später:

Toni und Benita standen Arm in Arm auf einer Klippe außerhalb von Barcelona. Der Blick glitt von hier aus kilometerweit in die scheinbare Unendlichkeit - weit übers Meer hinaus.

Ein Platz der Ruhe, der Geborgenheit.

Seemöwen kreischten in der Ferne und der warme Wind umgarnte die Seele. Die salzige Luft bedeckte die Haut und ließ die Lippen etwas trocknen.

Sie waren auf einem Friedhof am Hang, mit Blick übers Meer, vor einem Grab stehend mit der Aufschrift:

„Hier liegen meine geliebte Frau Elena und unsere Kinder John und Maria. Gott möge uns verzeihen."

Die fiese Stimme in Tonis Kopf lachte los.

„Toni, ist doch nicht so schlimm. Du kannst eine neue Familie haben und Kinder zeugen."

„Hör auf. Hör endlich auf!", wetterte Toni plötzlich gegen die Stimme los.

„Hör endlich damit auf. Ich wollte keine Karriere machen. Ich wollte das alles nicht, nein ich wollte das alles nicht! Hör doch endlich auf!", forderte er die Stimme im Kopf auf.

„Es gibt viel Wichtigeres im Leben als nur Karriere, Geld und Macht: Liebe, Ehrlichkeit, Freunde und Familie."

„Es tut mir so leid", winselte Toni, sank vor dem Grab auf die Knie und brach in Tränen aus.

„Du hast alles vermasselt Toni", sagte die Stimme und verstummte, dieses Mal für immer.

Die spanische Polizei, die im Hintergrund des Friedhofes gewartet hatte, bis die beiden sich von den Toten verabschiedet hatten, führten Toni und Benita ab.

Benita wurde zu zehn Jahren Gefängnis ohne

Bewährung angeklagt und verurteilt. Toni wurde wegen Mitwisserschaft zu acht Jahren Gefängnis verurteilt.

Ihr privates Vermögen wurde fast vollständig von der Ermittlungsbehörde konfisziert.

Beide sitzen ihre Strafe im Gefängnis von Barcelona ab.

Sie treffen sich ab und zu bei den Freigängen.

Tommy und Michael beendeten ihr Studium mit Promotion und Auszeichnung und erhielten anschließend eine Festanstellung bei Meditec in Friedrichshafen.

Bei Meditec Friedrichshafen wurde der gesamte Vorstand, einschließlich des Vorstandsvorsitzenden Herrn Sera, zu mehrjährigen Haftstrafen verurteilt.

Herr Kranz wurde als Einziger aufgrund der zusätzlichen Führung eines europäischen Drogenringes und Kinderprostitution zu einer lebenslangen Haftstrafe verurteilt.

Martin Beisert, geboren 1965 in Friedrichshafen am Bodensee im Sternzeichen Waage. Seit meinem Studium arbeite ich in einer Großfirma am Bodensee. Mehr als 20 Jahre führt mich meine Arbeit auf Reisen durch die verschiedensten Kontinente und lehrt mich die unterschiedlichen Mentalitäten. Heute lebe ich immer noch in der Nähe von Friedrichshafen am Bodensee und bin mit einer wundervollen Frau verheiratet mit der ich zwei tolle Kinder habe.
Ich bin Hobbyautor. Meine Freude am Schreiben entdeckte ich rein zufällig.

„Tabu"
Martin Beisert
ISBN: 978-3-7482-3544-6

In unserer weitgehend aufgeklärten Gesellschaft glaubt man, dass so manches Tabuthema von früher heute keines mehr ist. Dennoch gibt es immer noch einige Bereiche, die unser Schamgefühl oder Ego berühren, sodass unser Mitteilungsvermögen darüber gegenüber anderen Menschen eingeschränkt ist. Selbst dem Partner gegenüber oder im Gespräch mit einer Person des Vertrauens haben wir Hemmungen diese Dinge anzusprechen, zu erfragen oder zuzugeben.

Dieser Ratgeber erläutert in einfacher Sprache die Hintergründe und soll Mut machen, lediglich durch das Gespräch eine positive Änderung auf dem eigenem Weg zu erleben.

Sie werden erstaunt sein, wie sich die Meisterschaft Ihres Lebens dadurch verändert.

„Die Marionetten"
Martin Beisert
ISBN: 978-3-7482-3548-4

Skrupellos bahnt sich Herbert Kortes seinen Weg in die oberste Führungsebene seiner Firma UTK in Friedrichshafen. Er legt alle menschlichen Werte dafür ab und vernachlässigt seine Familie und Freunde. Selbst die schwere Erkrankung der eigenen Tochter Sophie lässt ihn unberührt und bringt ihn nicht von seinem Karriereweg ab. Seine Frau Ursula vergnügt sich währenddessen mit ihren gleichgesinnten Freundinnen und lebt ihr eigenes Leben.

Durch die Hilfe eines Heilers wird Sophie, selbst für die Schulmedizin überraschend, wieder gesund. Sie ändert ihre Einstellung zum Leben völlig und bittet ihren Vater vergebens um Einhalt. Am Ziel der Karriereleiter angekommen holt Herbert seine Vergangenheit ein. Kurzerhand heuert er einen Auftragskiller mit fatalen Folgen an.

Ein Roman, besonders geeignet für Menschen die tieferen Sinn in ihrem Erdendasein suchen und vielleicht jetzt noch etwas in ihrem Leben verändern wollen. Frei nach dem Motto:

"JEDER BEKOMMT DAS, WAS ER VERURSACHT"